Erasmus

Herbert Feid

Ein Roman über Jugend, Freundschaft, Liebe und Tod

Impressum:
Bibliografische Information der Deutschen Nationalbibliothek. Die Deutsche Nationalbibliothek verzeichnet diese Publikation in der Deutschen National-bibliografie; detaillierte bibliografische Daten sind im Internet über http://dnb.d-nb.de abrufbar.
Veröffentlicht bei Infinity Gaze Studios AB
1. Auflage
März 2024
Alle Rechte vorbehalten
Copyright © 2024 Infinity Gaze Studios
Texte: © Copyright by Herbert Feid
Cover & Buchsatz: Valmontbooks
Das Werk ist urheberrechtlich geschützt. Jede Verwertung außerhalb des Urheberrechtsgesetzes ist ohne Zustimmung von Infinity Gaze Studios AB unzulässig und wird strafrechtlich verfolgt.
Infinity Gaze Studios AB
Södra Vägen 37
829 60 Gnarp
Schweden
www.infinitygaze.com

ICH GLAUBE NICHT AN EIN LEBEN
NACH DEM TOD, OBWOHL ICH EIN
PAAR UNTERHOSEN ZUM WECHSELN
MITNEHMEN WERDE.

(WOODY ALLEN)

Kapitel 1

26.09.2017

Ihr Handy summt. Die Klingelmelodie ‚Jodler' ist schon seit zwei Monaten deaktiviert. Sie passt nicht mehr zu der Situation, in der sie sich befindet. Das Display zeigt 18:57. Frau Baumann nimmt das Handy, ihre Handfläche wird feucht. Ist das der Anruf, den sie seit drei Wochen fürchtet? Ihr Magen zieht sich zusammen, sofort beginnt sie zu zittern. Sie ist allein, denn ihr Mann ist auf einer Konferenz in Wien. Schweiß bedeckt ihre bloßen Arme.

„Baumann", fast ein Seufzen. Sie setzt sich auf einen Küchenstuhl. Stille wie im sich immer weiter ausdehnenden Weltall, wohin sie aus ihrem Körper geflüchtet ist. Geschäftliches Rascheln in der Leitung stößt sie unsanft ins Hier und Jetzt.

„Guten Abend Frau Baumann. Hier ist das St. Georg Krankenhaus, Schwester Hildegard." Eine Stimme, die sie seit Jahren kennt, roboterhaft jedoch voller Teilnahme. Frau Baumann hat nicht den Mut, das Gespräch zu beginnen, besonders in diesem Moment, wo ihr Mann nicht zu Hause ist und sie mit allem allein fertig werden muss. Aber sie war es, die ihn bestärkt hatte, an der Konferenz teilzunehmen, die für ihn als Gastredner wichtig war. Ich komme damit schon zurecht, hatte sie ihn bestärkt.

„Ich verbinde Sie mit Professor Bernhard, einen Augenblick bitte." Wieder dieser beruhigende Tonfall, der jedoch nie sein Ziel erreichte. Ohne Übergang meldet sich die heisere, sich stets überschlagende Stimme des Professors.

„Guten Abend Frau Baumann, wie geht es Ihnen? Ich hoffe, ich störe nicht." Die gleiche nichtssagende Begrüßung wie in den letzten Wochen.

Frau Baumann schweigt. Ihr Herz droht sie zu erschlagen. Der Begrüßung kann beides folgen: Keine Änderung oder eine Verschlechterung des Krankheitsbildes, wie es der Professor immer nennt. Eine Besserung war die schwache Hoffnung bei der letzten Einlieferung ins Krankenhaus vor drei Monaten. Seit drei Wochen ist damit nicht mehr zu rechnen, die palliative Behandlung hat begonnen. Die Ärzte können nichts mehr für ihren Sohn tun, ihm nur noch seine Schmerzen lindern.

Der Professor räuspert sich. „Wir haben Ihren Sohn verlegt." Schweigen. Schweres Ein- und Ausatmen dringt aus dem Handy. Die Frage, warum verlegt, erübrigt sich, sie weiß Bescheid. Der Professor räuspert sich noch einmal. „In ein größeres Zimmer." Frau Baumann klammert sich an das Handy wie eine Ertrinkende an eine Planke. Sie fühlt Brechreiz. „Wir haben dort ein Feldbett aufgestellt, falls Sie oder Ihr Gatte diese Nacht bei Ihrem Sohn bleiben möchten. Es gibt im Zimmer auch einen kleinen Kühlschrank mit Saft und Wasser."

Nun ist es also soweit. „Ich bin in einer Stunde im Krankenhaus." Frau Baumann wundert sich selbst über ihre feste Stimme.

„Danke." Der Professor legt auf. Sie tippt hastig die Nummer ihres Mannes ins Handy.

Sie hatten abgemacht, sie würde sofort anrufen, wenn sich Erasmus' Lage dramatisch verschlechtert und er würde unverzüglich herangehen, wo er auch sei, sogar mitten in seinem Vortrag. Es dauert tatsächlich keine fünf Sekunden. Ein hastiges: „Ist was mit Erasmus?" Die Stimme, die immer einen vertraulichen metallenen Klang hatte, ist schon lange stumpf geworden.

„Der Professor meint, ich soll heute Nacht bei Eri bleiben. Es ist wohl soweit. Bitte komm schnell zurück."

„Es gibt einen Flug 21:15 nach Tegel. Ich lande dort um 22:30. Ich komme mit dem Taxi. Abends ist auf den Straßen nicht mehr viel los. Ich denke, ich schaffe es in sechzig Minuten bis ins Krankenhaus. Kopf hoch, ich lasse dich und Erasmus nicht im Stich, das weißt du doch. Wir drei halten zusammen." Seine Worte werden immer kraftloser, allein die sich steigernde Lautstärke hält sie noch am Leben. Schließlich noch einmal ein Aufbäumen: „Sei stark, ich bin es auch!"

„Komm schnell, ich brauche dich." Das Telefonat ist beendet. Frau Baumann geht ins Schlafzimmer. Dort steht ihre Notfalltasche für drei Nächte im Krankenhaus so wie auch die gleiche Tasche für ihren Mann. Sie wollten sich abwechseln. Ob es noch nötig sein wird?

Beim Verlassen des Schlafzimmers scheut sie den Blick ins Kinderzimmer, das sich in den letzten acht Jahren nicht verändert hat, niemals das aufregende Leben eines Teenagers miterleben durfte. Während der Rehawochen, sogar wenn es ihm gut ging, blieb Erasmus lieber im Haus. Er mochte nicht mit Strickmütze, ohne Augenbrauen und mit einem zum Strich verkommenen Körper unter Leute. Lieber holte er zu Hause seine Gitarre hervor und spielte Schlager nach,

die er mit seinem Computer im Krankenhaus heruntergeladen hatte. Er brauchte keine Noten, er hatte die
Töne im Kopf. Das hatte er von seiner Mutter geerbt,
die bis vor zwei Jahren noch im Radiosymphonieorchester die erste Geige innehatte, ehe ihre Nerven den
Stress mit Orchesterproben und dem immer weiter
wuchernden Krebs ihres Sohnes nicht mehr ertragen
konnten. Sie hatte Erasmus' Musikalität immer nach
Kräften gefördert, denn musikalisch war er. Jedoch
hatte sie nichts gefordert. Auch nicht sein belesener
Vater, der Doktor der Philosophie und Literaturprofessor, der ihm hoffnungsvoll den etwas aus der Welt
gefallenen Namen Erasmus gegeben hatte. Ihr Sohn
sollte selbst entscheiden, was er aus seinen Talenten
macht.

Für einen Augenblick denkt sie daran, die Gitarre
ihres Sohnes aus dem Schrank im vor sich hindämmernden Kinderzimmer herauszuholen, das Futteral
abzustreifen und an den Saiten zu zupfen. Sie öffnet
die Tür. Was würde sie dafür geben, wenn ihr Sohn
noch einmal die Saiten anschlagen könnte. Sie lässt sie
unberührt im Schrank. Traurigkeit umgibt sie. Daneben steht der Geigenkasten. Zum Geige spielen hat
Erasmus kein Interesse, das weiß sie. Aber ihr zuliebe
hatte er zwei Jahre fleißig geübt. Er war immer ein guter Sohn gewesen.

Das Handy meldet sich wieder. Die Nummer vom
St. Georg Krankenhaus erscheint auf dem Display.
Frau Baumann erbleicht. Wieder das Zusammenziehen des Magens, das Schwitzen. Sie nimmt den Anruf
nicht an, das soll der Anrufbeantworter erledigen.
Nach langem Zögern ergreift sie doch mit zitternder
Hand das Telefon.

„Baumann." Nur noch der Hauch einer Stimme.

„Entschuldigung, ich bin's noch einmal, Schwester Hildegard, Onkologie." Im Hintergrund Frauenstimmen, die über einen Zeitplan diskutieren. „Professor Bernard äußerte soeben, es wäre besser, wenn Ihr Gatte auch mitkommen könnte. Aber er ist ja zurzeit in Wien, wie sie mir sagten." Die Stimme steigt leicht an, vibriert wie bei einer Frage.

„Ja, mein Mann ist im Moment in Wien. Ich habe ihn schon benachrichtigt. Er wird die nächste Maschine nehmen und gegen Mitternacht im Krankenhaus eintreffen." Ihre Stimme ist brüchig, aber sie hält durch.

„Im Augenblick ist der Stationsarzt bei Ihrem Sohn. Er schläft, wie Sie ihn heute Mittag verlassen haben. Wenn Sie ihn nachher sehen, bekommen Sie bitte keinen Schreck, sein Gesicht verspannt sich ab und zu. Der Stationsarzt meint, das ist normal in seinem Zustand."

„Ich komme sofort." Das Gespräch ist beendet. Frau Baumann schaut noch einmal durch das Haus, ob alles in Ordnung ist. In die Stille hinein glaubt sie, das helle Lachen ihres Sohnes durch die hohen Zimmer hallen zu hören, als er mit den zum Geburtstag geschenkt bekommenen Rollschuhen an den Füßen durch das Haus tobt. Die teppichbelegte Treppe herunterschliddert. Sie vernimmt ihr Schimpfen, weil er dabei beinahe die wertvolle chinesische Vase im Esszimmer umgeworfen hätte. „Lass' ihn doch seine Jugend austoben", hatte Herbert damals lachend gesagt, als hätte er geahnt, welches grausame Schicksal seinen Sohn kurz danach im Würgegriff halten würde.

Als sie die Haustüre abschließt, fühlt sie, dass es ein Abschied ist. Doch sie will es nicht wahrhaben. Erasmus darf heute nicht sterben, er hat ja noch nichts von seinem Leben gehabt, kaum eine schöne Kindheit, keine Jugend. Hat er jemals die Aufregung, das Kitzeln kennengelernt, mit Freunden eine Nacht durchzumachen, geht es ihr durch den Sinn, wie sie in ihrer Jugend? Hatte er überhaupt Freunde gehabt? Er war noch nie mit Freunden aus, hat niemals über die Stränge geschlagen, als ob das etwas wäre, was Jugend ausmacht. Oder gerade? Was habe ich nicht schon alles mit sechzehn, siebzehn Jahren erlebt, obwohl meine Eltern überaus streng waren und mich am liebsten zu Hause angekettet hätten. Wie oft war ich heimlich ausgebüxt. In einem Monat wird unser Sohn achtzehn. Und das Abenteuer Liebe? Er kennt es nicht!

Sie dachte daran, wie sie mit neunzehn den fünf Jahre älteren Herbert kennengelernt hatte. An ihre Treffen über drei Jahre, die ihr Vater immer wieder zu torpedieren versuchte, weil er an ihr musikalisches Talent glaubte und es nicht von einem sturen Literaturfritzen zugeschüttet wissen wollte. Sie hatte an Herbert festgehalten und schließlich musste ihr Vater nachgeben.

Als sie das Krankenzimmer betritt, bekommt sie einen Schreck, als sie Erasmus' verzerrte Gesichtszüge sieht, blutleer. Sein zusammengepresster Körper wie der eines Sterbenden. Sie schiebt vorsichtig einen Stuhl neben sein Bett und setzt sich. Da liegt ihr Sohn, für den sie nichts mehr tun kann. Der thermotherapeutische Wahnsinn hat die gesunden wie die kranken Zellen vernichtet, seine Haut umschließt nur noch Trümmer. Erasmus öffnet die Augen ab und zu für einen kleinen Spalt, scheint seine Mutter jedoch nicht zu erkennen. Der Computer, der immer auf dem schwenkbaren Tisch neben dem Bett stand, seine letzte Verbindung zur Welt draußen, ist seit drei Tagen in eine Ecke weggeräumt, von ihrem Sohn abgekoppelt. Er konnte ihn im Bett liegend bis zuletzt mit zwei Fingern über eine Fernbedienung lenken, die ihm sein Vater besorgt hatte, nachdem sein Sohn sich oft nicht mehr aufrichten konnte. An guten Tagen hatte er sie abends nach ihrem Weggehen zu Hause mit einer Mail überrascht, immer voller Lebensmut. Die für sie weiß bezogene Liege steht für Frau Baumann wie eine Bahre am Fenster. Sie bekommt einen Schreck, als ihr das Weiß der Laken in die Augen sticht.

In die Stille hinein bemerkt sie eine untersetzte Gestalt in einem weißen Kittel hinter Erasmus' Bett. Ihr scheint, als ob von dessen Körper ein Leuchten ausgeht.

„Guten Abend Frau Baumann, mein Name ist Hein. Ich arbeite hier als Pfleger. Bitte entschuldigen Sie, aber der Stationsarzt musste zu einem anderen Patienten, deswegen bin ich hier." Seine ruhige Stimme, die alles Leid dieser Welt vergessen lässt, umgibt sie, flößt ihr Vertrauen ein. „Ab heute passe ich auf Ihren Erasmus auf. Im Augenblick kämpft sein Inneres gegen die wuchernden Eindringlinge, aber ihr Sohn hat keine Schmerzen mehr. Wir haben ihm heute eine stärkere Dosis Morphium verabreicht als in den letzten Tagen."

Frau Baumann schaut auf die Uhr. Es ist kurz vor zehn. Mein Mann sitzt um diese Zeit bestimmt im Flugzeug, tröstet sie sich. Erasmus ist allmählich ruhiger geworden, das Zucken hat nachgelassen. Sie lehnt den Rücken an die Stuhllehne, fühlt Müdigkeit in sich aufsteigen, schließt die Augen und versucht sich zu entspannen.

„Ihr Sohn ist eingeschlafen, er hat sich beruhigt. Ich werde jetzt die Nachtbeleuchtung einschalten. Vielleicht legen Sie sich etwas auf die Liege, das ist bequemer als hier auf dem Stuhl. Es wird für alle eine anstrengende Nacht werden. Ich wecke Sie, falls etwas mit Ihrem Sohn ist oder wenn Ihr Mann kommt. Ich halte bei Erasmus Wache." Die Stimme, ähnlich einem gregorianischen Choral, zwingt sie, die Augen zu schließen.

Der Pfleger hüllt das Krankenzimmer in ein beruhigendes bläuliches Licht. Frau Baumann richtet sich mühsam vom Stuhl auf, schaut noch einmal nach ihrem Sohn, der jetzt ruhiger atmet, und drückt ihm die Hand, bevor sie sich auf der Liege ausstreckt. Sie denkt an ihren Mann, wenn er nur schon hier wäre, und an Erasmus, der durchhalten soll. Es dauert nur wenige Minuten, bis ihre Augenlider schwer werden und sie einnickt.

Kapitel 2

Es ist zwanzig Minuten nach elf, als der Pfleger an Erasmus' Bett tritt, die rechte Hand unter die Bettdecke schiebt und auf Erasmus' Brust legt. Er beugt sich über ihn und flüstert dessen Namen.

„Erasmus, Erasmus, wie geht es dir? Fühlst du noch Schmerzen?" Der Junge öffnet mühsam die Augen und starrt den Schatten über sich lange an. So ein Gesicht hat er noch nie hier gesehen.

„Ich bin der Hein. Ich sehe in dieser Nacht nach dir. Du kannst mir vertrauen." Ein schwaches Nicken. „Es ist bald halb zwölf", fährt die tiefe Stimme in einem Singsang fort. „Draußen ist ein wunderschöner Nachthimmel für dich aufgespannt, von tausend Sternen beleuchtet. Wir haben immer noch 16 Grad. Hast du nicht Lust zu einem kleinen Spaziergang draußen an der frischen Luft?" Erstaunen malt sich in Erasmus' Augen. Spaziergang? Seine Mundwinkel wandern nach oben, er lächelt. „Du bist im Augenblick gut drauf, ich glaube, du kannst es schaffen. Nach drei Monaten sterilem Krankenhausaufenthalt wieder einmal kühle Nachtluft zu schnappen, das ist bestimmt etwas Schönes für dich." Wieder ein Nicken. Dieses Mal steht der Wunsch dahinter, endlich das Krankenhaus, wenn auch nur für kurze Zeit, verlassen zu können.

„Versuche dich aufzurichten, ich helfe dir." Erasmus schüttelt den Kopf. Er rührt sich nicht. Ob ich träume, durchzuckt es ihn. Ich kann doch nicht aufstehen. Schon lange nicht mehr.

„Ich verspreche dir eine tolle Zeit, wenn du willst."

Von der Hand, die auf seiner Brust liegt, fühlt Erasmus Energie in seinen schlappen Körper strömen, bis in die Fingerspitzen. Er empfindet ein Wohlgefühl wie schon lange nicht mehr.

„Ja, das möchte ich wieder einmal gern." Erasmus ist über sich selbst erstaunt, dass er diesen Satz einfach ohne Schmerzen herausbringen kann.

„Komm, gib mir deine Hand. Du kannst dich auf mich verlassen. Ich helfe dir." Erasmus ergreift die ausgestreckte Rechte, der Pfleger löst den Infusionsschlauch sowie alle Messgeräte. Erasmus' Körper beginnt wieder selbstständig zu arbeiten. Er steht schwankend auf, es dauert einen Augenblick, bis er die Balance gefunden hat. Ob er es wirklich ist, der in einer Schlafanzughose im Krankenzimmer steht, das weiß er nicht. Sein magerer Körper zeigt jede Rippe, besonders die Rippenbögen stehen entsetzlich hervor. Hein legt ihm die Hand auf die Schulter.

„Wir brauchen etwas zum Anziehen für dich. Was du vor drei Monaten getragen hast, als du hierherkamst, ist nicht mehr vorhanden. Neue Kleider sind keine hier, außer etwas Unterwäsche, und damit kannst du ja bestimmt nicht nach draußen gehen." Hein lächelt ihn verschmitzt an. Erasmus grinst in sich hinein: Stimmt, da hat der Hein sicherlich recht. Am liebsten hätte er dem Pfleger auf die Schulter geklopft, genau wie es Freunde immer tun, wenn sie in guter Laune sind. So wohl fühlt er sich in diesem Augenblick. Wegen der zahlreichen Krankenhausaufenthalte hat er niemals enge Freunde zum Auf-die-Schulter-Klopfen gehabt, die er aber gerne gehabt hätte.

„Ich gebe dir von meiner Pflegerkleidung. Die Größe passt in etwa, nur ausfüllen wirst du sie nicht. Es wird schon gehen, denn ihr jungen Leute lauft ja gern in solchen Schlabberklamotten umher."

„Ob ich wirklich ein paar Stunden dort draußen durchhalten kann ohne irgendwelche Medizin?" Erasmus zupft an seinem Kinn.

„Na klar, kein Problem. Du brauchst keine Medizin mehr. Über dieses Stadium bist du schon längst hinaus. Mache dir keine Sorgen. Ich verspreche dir, du wirst eine schöne Zeit da draußen verleben."

Als Erasmus fertig angezogen ist, müssen beide über sein Aussehen lachen. Der Pfleger legt erschrocken den Finger auf die Lippen und flüstert: „Pssst, leise, wir wollen hier niemanden aufwecken." Und mit Glucksen sagt er: „Na ja, du schaust ja beinahe wie eine Vogelscheuche aus. Wenigstens ist alles sauber."

„Ich brauche unbedingt meine Mütze, ich will nicht wie ein Skinhead unter Leute. Ist sie noch hier?"

„Ja, aber ich habe dir eine Rib-Mütze von Tommy Hilfiger besorgt. Die ist smarter als deine alte mit Rentieren drauf und mit ner Bommel dran. Mit der schaust du cool aus. Es stört keinen, wenn du sie aufbehältst. Die kannst du bis tief über die Augenbrauen herunterziehen."

„Danke Hein, du kommst doch mit? Was schlägst du vor, wohin wollen wir gehen?"

„Nein," antwortet der Pfleger mit fester Stimme. „Ich muss hierbleiben, aber du musst mir unbedingt versprechen, bis fünf Uhr morgen früh wieder hier im Zimmer zu sein. Du hast demnach noch knapp fünf Stunden Freigang. Nutze die Zeit aus. Hier hast du meine Smartwatch, pass gut auf sie auf. Vergiss die Zeit nicht!"

„Ich habe alleine Angst. Ich bin schon lange nicht mehr auf der Straße gewesen, ich bin immer noch schwach. Wo soll ich denn hin? Ich finde mich bestimmt nicht zurecht, es ist ja noch dunkel."

„Keine Angst Erasmus. Du bist siebzehn Jahre alt, da kommst du in der Welt schon zurecht. Ich gebe dir fünfzig Euro, die kannst du ruhig diese Nacht verbraten. Es ist ein Geschenk von mir. Es ist sowieso besser, wenn du mit leeren Taschen zurückkommst. Für den Notfall hier noch deine Bankkarte. Ich habe sie aus dem Safe genommen, er war nicht abgeschlossen. Mache es gut. Erasmus, lebe! Finde Freunde und habe viel Spaß. Denke dabei bitte immer daran, dass du wieder zurückkommen musst."

„Ja, natürlich, wo sollte ich denn sonst hin?" Er versteht nicht, wozu eine Kreditkarte mitten in der Nacht gut sein sollte, aber er steckt sie sich ein. Beide umarmen sich fest und klopfen sich gegenseitig einige Male auf den Rücken. Erasmus fühlt sich so kribblig, als wäre er wieder dreizehn und hätte mit einem Schulfreund erfolgreich ein krummes Ding gedreht, worüber sie sich beglückwünschten.

Richtig kann er immer noch nicht an die Sache glauben. Das Krankenhaus verlassen? Spazieren gehen? Ist das nicht alles nur ein Traum, durchfährt es ihn, die letzten Zuckungen meines strahlenzerbombten Gehirns?

„Du kannst im Park vor dem Krankenhaus etwas umherspazieren. Wenn es dir langweilig wird, gehe links vom Krankenhaus die Straße entlang, bis du das S-Bahnzeichen siehst. Um diese Zeit fahren die Züge noch. Du triffst dort bestimmt jemanden, mit dem du sprechen und dir die Zeit vertreiben kannst."

Erasmus zögert. „Was ist, wenn ich wieder einen Anfall bekomme, mich die Schmerzen zerreißen und ich nicht mehr weiß, was mit mir los ist? Hein, komm bitte lieber mit."

„Nein, Erasmus, du bekommst keinen Anfall mehr, nie mehr. Gerade eben, das war dein letzter Kampf. Du hast es geschafft, du hast alle deine Leiden überstanden. Es ist zu Ende. Nun rede hier nicht lange herum, haue endlich ab, nutze die Zeit, aber versäume nicht, morgen früh um fünf zurück zu sein. Ich erwarte dich hier."

Kapitel 3

27.09.2017

Erasmus wundert sich, dass er so einfach aus dem Krankenhaus entweichen kann. Die Gänge sind alle menschenleer. Am Empfang wünscht man ihm lediglich eine gute Nacht, ohne dabei aufzublicken. Die Uhr über dem Eingang zeigt *27-09-2017 0:01.*

Alleine im Park herumzulaufen macht ihm Angst. Hat Hein nicht gesagt, es gibt einen Bahnhof in Sichtweite. Nach einigen Minuten beschließt er, mit einem Taxi zum S-Bahnhof zu fahren, denn er fühlt sich immer noch schwach und unsicher. Doch vor dem Krankenhaus warten keine Taxen.

Nach etwa einer Minute erscheint ein Taxi und hält vor der Notaufnahme. Noch ehe er dorthin laufen kann, fährt es schon wieder ab. Er sieht nur noch die Rückleuchten. Ein Schatten betritt eilig das Krankenhaus. Für einen Augenblick kommt ihm die Silhouette bekannt vor.

Er wendet sich nach links, wie ihm Hein geraten hat, und erblickt schon bald das Zeichen der S-Bahn. Erasmus ist erleichtert und erstaunt, dass es ganz in der Nähe eine S-Bahnstation gibt, denn seine Mutter hatte bei ihren Besuchen immer über die schlechte Verkehrsanbindung geklagt. Lediglich ein paar Autos sind unterwegs, Fußgänger keine. Das Schwindelgefühl, das ihn seit dem Aufstehen begleitet hatte, lässt allmählich nach.

Tatsächlich ist der Himmel wolkenlos. Die Zahl der Sterne hat der gute Hein doch leicht übertrieben, lächelt Erasmus in sich hinein. Die Luft ist angenehm kühl. Es dauert nicht lange, bis er die sterile Atmosphäre im Krankenzimmer vergessen hat, die frische Luft genießt und Hunger verspürt.

Ob ich im Bahnhof um diese Zeit noch etwas zu essen bekomme? Wenn ja, was soll ich mir kaufen? Wie wäre es mit einer Pizza oder einem Big Mac. Alles ungesundes Zeug, aber nach dem faden Gesundheitsessen im Krankenhaus darf ich das sicher einmal. Erasmus' Laune verbessert sich im Sekundentakt. Was wird es für eine Freude sein, spinnt er seine Gedanken weiter, endlich einmal etwas Ordentliches zwischen die Zähne zu bekommen. Vielleicht eine Riesencurrywurst mit viel Pommes, einem Berg Tomatenketchup und noch Mayonnaise obendrauf.

Als er den S-Bahnhof betritt, ist er zunächst erstaunt, freut sich jedoch, in der Halle einen Currywurststand zu erblicken, wie er es sich gewünscht hatte. Genüsslich studiert er die Speisekarte und entscheidet sich für eine Riesencurrywurst ohne Darm mit extra viel Pommes und Mayonnaise. Er kann es kaum erwarten, die Bestellung endlich in der Hand zu halten. Sein Zittern kommt dieses Mal von der Aufregung, nicht von seiner Krankheit. Es ist ein angenehmes Zittern, wie in Erwartung einer großen Sache. Als er den Pappteller endlich in den Händen hält, angelt er sich sofort mit Daumen und Zeigefinger eine Pommes und taucht sie in den Ketchup. Wie das schmeckt! Darauf noch eins und noch eins, während er zu einem Stehtisch geht und sich die Finger ableckt.

„Scheinst ja voll zu verhungern." Eine junge Stimme mit Berliner Lokalkolorit. Erasmus blickt auf. Ein Typ um die dreiundzwanzig mit zerzausten blonden Haaren und offenem Gesicht lächelt ihn vom Nebentisch an. Ein kurzärmliges hellblaues Hemd umspannt den muskulösen Oberkörper, die oberen drei Knöpfe sind offen. Eine etwas zu große, ehemals sicherlich weiße Arbeitshose, die inzwischen der Leinwand eines mit viel Farben experimentierenden modernen Künstlers gleicht, rundet die Gestalt ab. Die Stimme, die blonden Haare und sein Gehabe kommen Erasmus bekannt vor. Woher nur? Erasmus blickt den Jungen nachdenklich an, kennt er ihn, ehe er dem Fremden antwortet.

„Ja, ich verhungere auch fast. Ich habe mich gefreut, endlich mal wieder eine Currywurst zu essen." Noch beim Sprechen stopft Erasmus sich mit einer kleinen Plastikgabel ein aufgespießtes Stück Wurst in den Mund. Sein Gegenüber hat eine Pappschale vor sich stehen, darauf eine schon halb gegessene Currywurst sowie unter Ketchup begrabene Pommes. Daneben eine Zigarettenschachtel.

In diesem Augenblick erinnert er sich. Sieht der nicht aus wie Klaus, den ich letztes Jahr im Krankenhaus getroffen habe? Der mit dem Herzfehler, der gar nicht wie ein Kranker aussah. Sie waren sich einige Male bei den Toiletten begegnet, wo Klaus verbotenerweise rauchte. Er hatte immer etwas Witziges auf Lager, und der Tag war für Erasmus gerettet, wenn er ihn sah. Eines Vormittages war er wie vom Erdboden verschluckt. Was ist wohl aus ihm geworden? Ob ich jetzt von ihm träume, alles nur träume? Immer wieder hatte er an Klaus gedacht, wenn er wieder ins Krankenhaus musste und gehofft, ihn dort zu treffen. Er war zwei oder drei Jahre älter als er. Bereits nach ein paar Tagen waren sie Freunde geworden.

„Du, ich bin Linus. Ich hol mir grad noch ein Bier und eins bring ich dir mit. Ich bin grad gut drauf, geb dir einen aus, hab was zu feiern." Das offene Gesicht des Fremden strahlt ihn an. „Du bist der Erste, den ich getroffen hab. Deswegen hast du den ersten Preis gewonnen." Damit verschwindet er zum Tresen.

Erasmus denkt an Hein und an seinen Satz: Dort triffst du bestimmt jemanden, mit dem du sprechen kannst. Es läuft also ganz gut. Bier, ob ich das vertragen kann? Erasmus kratzt sich am Hinterkopf.

Wenn er zur Erholung zu Hause war und es ihm gut ging, trank er abends mit seinen Eltern schon mal Weinschorle, höchstens zwei Gläser, und schon drehte sich alles um ihn. Er war an Alkohol nicht gewöhnt. Bier hatte er vom Geschmack her eigentlich nie gemocht. Erasmus schaut auf Heins Uhr. Die Zeiger sind auf halb eins vorgerückt.

Ich habe nur noch viereinhalb Stunden, und ich muss zurück sein, seufzt er in sich hinein. Sonst trödelt die Zeit immer, wenn ich nutzlos im Bett liege und vor Schmerzen keine Gedanken fassen kann. Endlich, wo es mir wieder gut geht und ich etwas erleben will, läuft sie mir wie im Hundertmetersprint davon.

Linus kehrt mit zwei Dosen Krombacher zurück, stellt sie auf den Tisch und beginnt seine aufzudrücken. Erasmus kommt nach dem Anheben der Lasche mit dem Runterdrücken der Verschlusskappe nicht zurecht. Linus wartet geduldig, bis sein Gegenüber endlich die Lasche nach unten gedrückt hat. Als der das geschafft hat, hält Linus die Bierdose in Richtung Erasmus.

„Also Prost! Wie heißt du eigentlich?"

„Erasmus, aber in der Schule nennen mich alle nur Muste", schiebt er eilig hinterher, denn sein Name ruft immer Stirnrunzeln hervor oder dummes Gelächter.

„Cool, Muste, das ist genau son blöder Nick wie meiner. Mich haben sie Nuss genannt. Darauf trinken wir jetzt einen. Prost, Muste."

Das Bier schmeckt Erasmus nicht. Als er jedoch die zufriedene Mine seines Gegenübers sieht, ringt er sich zu einem: „Das tut gut" durch. Irgendwie findet er es aufregend, gelogen zu haben, auch wenn es eine Notlüge war.

„Und was hast du nun zu feiern, deinen Geburtstag?"

„Nein das nich. Also, ich bin heute aus dem Betrieb geschmissen worden. Na eigentlich kein richtiger Betrieb. Es gibt nur den Boss, noch einen anderen Blöden und mich."

„Das feierst du, dass du gekündigt wurdest?"

„Ja, weil ich mit mir selbst total zufrieden bin und darauf Prost, Muste." Sie stoßen die Bierdosen kreuzweise gegeneinander. Das kennt Erasmus nur vom Fernsehen. Er ist froh wie ein kleines Kind bei der Bescherung, es einmal selbst machen zu dürfen. Leben besteht aus vielen Einzelheiten, sinniert er. An allen sollte man sich erfreuen, solange man kann. Solange ich es noch kann. Für einen Augenblick überwältigt ihn seine Situation. Ich will die Zeit ausnutzen, die mir Hein geschenkt hat, schwört er sich. Ohne ihn wäre ich nicht hier und vielleicht schon im Bett gestorben.

„Erzähle über was du zufrieden bist, obwohl du doch deine Arbeit verloren hast." Erasmus hat inzwischen die Currywurst sowie alle Pommes heruntergeschlungen. Er fühlt sich super und hat Appetit auf mehr. „Du, Nuss," und im gleichen Augenblick verzieht sich seine Miene über die lustige Anrede zu einem Lachen. Ein Lachen, wie schon seit Monaten oder noch länger nicht mehr. „Ich glaub, ich hol mir noch eine Portion Currywurst. Das schmeckt hier sehr lecker."

Linus grinst ihn an. „Mach das du Vielfraß. Bring uns noch zwei Bier mit, es wird eine lange Geschichte." Als Erasmus zum Currystand kommt, ist schon alles weggeräumt, als hätte es hier nie einen Currystand gegeben. Erasmus kommt enttäuscht zurück. „Der Currystand hat sich in Luft aufgelöst."

„Dann eben nicht", ärgert sich Linus. „Wenn du willst, kannst den Rest von mir bekommen, ich hab keinen Hunger mehr, aber du klapperdürres Halloweengerippe brauchst was Speck auf die Brust." Linus schiebt seine Pappschale mit noch zwei Stückchen Currywurst und ein paar von Tomatenketchup triefenden Pommes zu Erasmus, der sich darüber hermacht. Erasmus schämt sich wegen des klapperdürren Halloweengerippes. Aber gemein war es nicht gemeint, das fühlt er.

„Mach zu Muste, trink dein Bier aus. Wir gehen dann eben zu meiner Stammkneipe. Dort machn wir weiter, der Tag hat ja grad erst angefangen und heute brauch ich nicht zur Arbeit gehen, hab ja keine mehr. Oder hast du noch etwas vor?"

Ins Krankenhaus will Erasmus auf keinen Fall zurückkehren, noch ist es viel Zeit und die will er bis zur letzten Sekunde auskosten. Was würde Hein sagen, wenn ich schon wieder aufkreuze, besonders weil ich im Augenblick so super drauf bin. Ich gehe mit dem lustigen Kerl zu seiner Stammkneipe. Stammkneipe klingt ja stark. Ich war noch nie in einer!

„Ja okay, Nuss, ich komme gerne mit. Ist es weit?"

„Nö, zehn bis fünfzehn Minuten und schon sind wir da." Erasmus kann sich nicht genug über den Spitznamen Nuss amüsieren und kichert wie ein albernes Mädchen. Er versucht, den Rest des Bieres herunterzustürzen, doch es gelingt ihm nicht, er muss absetzen.

„Mann, Muste, musste ja nich gleich alles aussaufn, hat doch keine Eile." Linus lacht über sein Wortspiel. „Wir haben jede Menge Zeit. Wir bleiben hier, solange es uns gefällt." Er nimmt ohne Eile die zerdrückte Schachtel West vom Tisch, klopft sich eine Zigarette heraus und steckt sie sich zwischen die Lippen. „Willst?"

„Nein, ich rauche nicht." Als Kind hatte er schon mal probiert zu rauchen, heimlich mit Freunden hinter der Turnhalle. Es hatte ihm jedoch nicht geschmeckt. Mit zwölf Jahren war er zu jung dafür gewesen und später verbot es sich von selbst wegen der beginnenden Wucherungen.

Im Bahnhof rauchen? Krass. Erasmus zieht die Stirn in Falten. Träume ich nicht von Klaus, kommt es ihm wieder in den Sinn. Der rauchte auch im Krankenhaus, obwohl es verboten war und war ganz cool dabei.

„Dass du nicht rauchst, Muste, ist eine prima Sache. Du sparst eine Menge Geld und man lebt auch länger." Seinen Seufzer und den Spruch: Allerdings nicht jeder, kann Erasmus mit Mühe unterdrücken.

Nachdem Linus die Zigarette aufgeraucht und den Stummel auf dem Fußboden zerdrückt hat und Erasmus' Dose ebenfalls leer ist, verlassen beide den Bahnhof. Es ist kühler geworden, aber Erasmus ist vom Alkohol aufgeheizt. Ob ich schon betrunken bin, geht es ihm durch den Kopf, denn er glaubt zu sehen, wie der Bahnhof sich hinter ihnen wie ein Kreisel dreht und sich allmählich im Nichts auflöst. Es dauert einen Augenblick, bis er sich wieder gefasst hat und sich Linus zuwendet.

„Was war nun bei deiner Arbeit los? Wieso bist du entlassen worden?

„Also, heute nach unsrer Arbeit, wir malen einen Neubau aus, fragte mich mein Boss mit seinem immer so schmierigen Grinsen, ob ich mir noch son Hunderter oder zwei dazuverdienen mag. Also einfach so auf die Hand. Ich ahnte schon, was es wieder einmal gibt, aber ich hatte keine Lust mehr, bei seinen Schweinereien mitzumachen."

„Schweinereien?"

„Ja, halt abräumen, einsacken, klauen eben." Für Erasmus eine unbekannte Welt. „Ist halt so. Auf dem Bau wird schon mal was abgestaubt, kommt vor. Mal ne Bohrmaschine, die jemand liegengelassen hat, oder Werkzeug. Auch mal Isolationsmaterial oder ne Rolle elektrische Kabel. Kleinkram halt. Doch ein restauriertes Treppengeländer vom Erdgeschoss rauf bis zum vierten Stock einsacken und woanders verscherbeln, ist schon was anders. Es gehörte zu einem abgerissenen Altbau, war bestimmt über hundertfünfzig Jahre alt, hatte ich gehört. Es sollte in dem Haus aufgestellt werden, wo wir arbeiten. Lag in Folie verpackt im Erdgeschoss. Das bringt schon einige Riesen. Klauen schon mal, aber Diebstahl? Da hört es bei mir auf." Linus wirft die Zigarette, die er angeraucht hat, ärgerlich im hohen Bogen von sich. Erasmus ist sich nicht sicher, ob es einen Unterschied zwischen Klauen und Diebstahl gibt. „Ich bin doch kein beschissener Krimineller!" Linus spuckt der Zigarette hinterher. „Der andre wollte unbedingt mitmachen, ist sowieso gehirngeschädigt. Der stand schon mit unserm Kleinlaster vorm Haus. Hat mich am Arm festgehalten und mich angeschrien, ich soll ja mitspieln, wäre ja sonst nich zimperlich beim Klauen. Da hab ich ihm eine voll in die Fresse gehaun."

„Uii, toll Nuss, das hätte ich genauso gemacht", lobt ihn Erasmus, obgleich er selbst sicherlich niemals jemanden schlagen würde und schon gar nicht ins Gesicht.

„Ja, später kam noch mein bepisster Boss dazu und die Schlägerei hätte beinahe begonnen. Na, wer sich mit mir anlegt, der hat schon von vornherein verloren. Das haben die beiden dann wohl auch eingesehen." Die Armmuskeln blicken bedrohlich aus dem kurzärmligen Hemd hervor. Linus lacht laut auf. Erasmus kann sich vorstellen, wie die Schlägerei ausgegangen wäre."

„Ich bin einfach abgehaun vollgestopft mit Wut über die verkehrte Welt, in der es immer lediglich die Scheißer zu etwas bringen und ich Blödian einen Hunderter oder mehr ausgeschlagen habe, wegen Ehrlichkeit oder son Scheiß, was es sowieso nich gibt. Aber ich war mit mir zufriedn und hatte mir grad ne superscharfe Currywurst und ein Bier zum Runterkühlen gegönnt, als ich dich traf." Linus Miene ist hart geworden, seine Augen sprühen Feuer.

„Bei so etwas hätte ich auch bestimmt nicht mitgemacht. Ich find das richtig gut von dir", versucht Erasmus den Aufgebrachten zu beruhigen. Dabei legt er Linus als Bestätigung vorsichtig die Hand auf die Schulter. Es ist das erste Mal, dass er jemandem die Hand auf die Schulter legt. Das tut gut. Allerdings kann er sich nicht vorstellen, überhaupt jemals in eine derartige Situation zu geraten. Alles eine fremde Welt für einen, der allein das Krankenhausleben kennt.

Inzwischen sind die beiden vor einem heruntergekommenen, mit Graffiti beschmierten Eckhaus angekommen, an dem im Untergeschoss die Neonwerbung ‚Bei-Bernd' flackernd leuchtet. Die erhellten Fenster verbreiten eine wohlige Gemütlichkeit. Beim Betreten wird Linus vom Wirt mit einem Hallo begrüßt. Erasmus kann den Geruch nicht identifizieren, der ihn umgibt, nur Pizza ist herauszuriechen. Er bekommt gleich wieder Appetit.

„Zwei Bier, aber sauber gezapft und zwei mega kalte Steinhäger", schleudert Linus zur Theke und schiebt Erasmus dabei auf eine Eckbank. „Es ist leider eine Tatsache, Muste. Die Reichen werden immer reicher und wir arme Schlucker immer ärmer. Der Chef von Amazon verdient pro Stunde rund vier Millionen Dollar. Das hab ich vom Fernsehen." Linus ist immer noch bei den Ungerechtigkeiten der Welt. „Mann, sogar wenn der pennt! Stell dir das mal vor! Und ich krieg noch nich mal den scheiß Minimallohn, weil ich unbezahlte Überstunden machen muss. Denk mal, was ich für meine Bruchbude hinlegen muss? Vierhundert Riesen kalt. So was Beschissenes, aber der Vermieter fährt nen dicken Mercedes." Während sich Linus immer weiter ereifert und einen roten Kopf bekommt, werden die zwei Biere und die Steinhäger vor ihnen vom Wirt auf den Tisch gestellt.

„Hier kommt schon euer Frühschoppen, zum Wohle!", grinst er die beiden an.

„Es ist nun mal so, die Welt kann man bloß noch besoffn ertragen. Prost Muste!" Als Erasmus das eiskalte Steinhäger-Glas in der Hand hält, weiß er, dass er den Inhalt nicht vertragen wird, aber er kippt das Nass mit Todesverachtung hinunter, wenn ihm auch nur kleine Schlucke gelingen. Ob ich hier abkratze, denkt er trotzig, oder im Krankenhaus, das ist mir egal.

Tot ist tot, doch hier machts wenigstens Spaß. Ihm wird schwarz vor Augen. Linus schaut seinen neuen Freund besorgt an.

„Mach ruhig langsam, wir haben alle Zeit der Welt und erzähl mal was von dir."

„Also weißt du, ich bin heute Abend einfach vom Krankenhaus abgehauen. Der Erste, den ich getroffen habe, warst du. Eigentlich sollte ich bloß etwas spazieren gehen, um frische Luft zu schnappen, und nun bin ich bei dir hängen geblieben. Lustig, denn deine Story ist nämlich ähnlich wie meine. Du bist der Erste, den ich getroffen habe."

„Mann, Muste, is ja saucool. Bist krank? Was haste denne? Ich hab gleich gemerkt, mit dir stimmt was nich. Du, ich finds geil, dass du vom Krankenhaus abgehaun bist. Son Krankenhaus ist ja wohl auch die langweiligste Sache der Welt. War da mal etwa eine Woche, als ich bei der Arbeit von der Leiter gefallen war, jede Menge Prellungen und ne Gehirnerschütterung hatte. Mir war zwei Tage sauschlecht. Ich durfte drei Tage lang kein Fernsehen oder was lesen."

„Ja, du hast recht, krank sein verdirbt einem die Freude am Leben." Erasmus stürzt den Rest vom Steinhäger mit Todesverachtung herunter, und als er Bier hinterherschüttet, schmeckt es sogar etwas.

„Woher hast eigentlich die verrückten Klamotten, sind das deine?"

„Nein, die habe ich von meinem Pfleger, der mich aus dem Krankenhaus herausgelassen hat."

„Hast denn keine eignen?"

„Nein, nicht mehr", seufzt Erasmus. „Meine Eltern haben mir anscheinend keine neuen mehr ins Krankenhaus gebracht und die alten sind wohl in der Wäsche."

„Na ja, für ein paar Stunden ists ja okay, Prost Muste." Erasmus blickt verstohlen auf Heins Uhr. Halb vier! Wie schnell die Zeit vergeht. Wie weit ist es wohl von hier bis zum Krankenhaus? Erasmus beginnt zu rechnen. Bis zum S-Bahnhof waren es etwa fünf Minuten und bis hierher beinahe fünfzehn. Also alles noch nicht mal eine halbe Stunde. Wenn ich in einer Stunde aufbreche, reicht es bestimmt.

An das Bier hat er sich etwas gewöhnt, eine Riesenpizza, die sie sich teilen wollen, ist bestellt und die nächste Runde Bier geht auf ihn. Er hat ja das Geld von Hein. Von seiner Krankheit will er nicht sprechen, dafür hört er gerne, was sein Freund alles treibt. Der erzählt von seiner Arbeit als Maler, wie er seine Freizeit mit Freunde treffen oder Fußball verbringt und berichtet stolz vom Muskeltraining.

„Das mache ich zur Selbstverteidigung. In der Schule bin ich oft verkloppt worden, das soll mir nicht mehr passieren. Außerdem stehn die Frauen auf nen Sixpack. Ich hatt schon eine beste Freundin, aber die hat mich vor Kurzem verlassen. Oder ich sie", grübelt er. „Hast du ne Freundin, Muste?"

Das war ein wunder Punkt bei Erasmus. Er mochte Mädchen, jedoch hatte es noch nicht bis zu einer wirklichen Freundin gereicht, dafür war er zu oft im Krankenhaus gewesen. Wenn es ihm gut ging, schämte er sich wegen seiner verschwundenen Haare und seiner erbärmlichen Gestalt. Nein, attraktiv für Mädchen war er wirklich nicht. Da blieb er lieber zu Hause.

„Schon, im Augenblick aber nichts Festes."

„Macht nix, gibt genug davon." Linus erzählt von seinem Traum, Malermeister zu werden, und was dabei alles nicht wirklich einfach ist, wenn man nur den Hauptschulabschluss hat. „Ja, umsonst ist es eben auch nicht. Da braucht man schon echt Knete, um es zum Meister zubringen. Und die habe ich nicht." Die Pizza kommt und sie schmeckt beiden. „Wann musste denn wieder im Krankenhaus sein? Ich bring dich lieber nachher hin, sonst findest du's nicht mehr." Das vernimmt Erasmus nur wie durch einen Schleier. Warum, dass weiß er nicht, er kann nicht mehr richtig artikulieren. Der Unterkiefer will nicht mehr. Alles verschwimmt um ihn und es scheint, als gleite er immer weiter weg von Linus.

„Nein, ich habe noch Zeit, unterhalten wir uns noch etwas. Erzähle mal von deiner Verflossenen. Wie war die so im Bett?", bringt er gerade noch mit Stottern hervor. Ein Mädchen neben mir im Bett, ein Traum, der für mich ausgeträumt ist. Doch hören möchte ich gerne davon, möglichst viel, damit ich mir wenigstens vorstellen kann, wie das so ist, denkt Erasmus.

„Oh Mann, was du für Fragen stellst. Hoffentlich bekommst keine Probleme nachher im Krankenhaus, wenn du dort voll besoffn ankommst."

Erasmus lächelt. Er ist seit ewiger Zeit wieder glücklich. Es ist wunderbar, wie sich alles um ihn zu drehen beginnt, erst langsam, bald immer schneller. Dazu noch in Farbe. Er will seinen neuen Freund neben sich fühlen, ihn nicht verlieren. Obwohl ihm die Worte immer mehr wegrutschen, versucht er weiter zu sprechen, auch wenn es nur noch ein Stammeln ist. „Egal. Die im Krankenhaus können warten, bis sie schwarz werden. Heute will ich mich endlich einmal besaufen." Besaufen hat er zum ersten Mal in den Mund genommen, denn er weiß, wie es weitergeht, wenn er wieder im Krankenhaus ist. Das will er unbedingt vergessen. Nie wieder Krankenhaus, schwört er sich. In diesem Augenblick erinnert er sich an Hein und an sein Versprechen. Doch er muss zurück. Aber noch nicht sofort. „Noch eine Runde du, Nuss, du Haselnuss, dann muss ich wirklich los." Es ist ein letztes Stolpern über Worte. Er hört noch, wie Linus die Order zum Wirt ruft und fühlt, wie sich dessen Arm um seine Schultern legt. Er will noch etwas zu ihm sagen, jedoch entgleitet ihm die Sprache endgültig.

Nur etwas ausruhen, bevor das Bier kommt, sagt er sich, während Linus leise weiterspricht, bis sich die Worte allmählich irgendwo verlieren.

Kapitel 4

05.07.2017

Erasmus lag im Bett. Er war letzten Endes wieder im Krankenhaus. Schmiedehämmer versuchten, sein Gehirn zu zertrümmern. An all seinen Gliedern hingen einhundert Kilogramm Gewichte. Brechreiz überkam ihn. Wie er es geschafft hatte, wieder ins Krankenhaus zu kommen, konnte er sich nicht vorstellen, aber er war zurück! Er atmete durch und das gestern Erlebte enthüllte sich langsam. Sein zerbombtes Gehirn arbeitete nur noch im Schneckentempo.

Bestimmt hat mich der Junge zurückgebracht, wie hieß der nur? Wie ist es überhaupt möglich, dass ich gestern Abend gesund und munter gewesen war, aber heute wieder dem Tode nahe bin. Sicherlich war es ein Traum, ein sehr schöner Traum von Klaus, den ich endlich wiedergetroffen habe. Erasmus wollte die Augen nicht öffnen, vielleicht würde er ja weiterträumen, den schönen Traum. Von weit entfernt glaubte er, Worte zu vernehmen. Es war keiner von den Ärzten, deren Stimmen kannte er alle. Es war mehr wie ein Ansager im Fernsehen oder Radio, der irgendwelche Nachrichten verlas. Woher kommt das nur? Erasmus wurde unruhig.

„Na wie geht's dir? Warst ja gestern Nacht ordentlich besoffen."

Erasmus bekam einen Schreck. War das einer von den anderen Ärzten, durchfuhr es ihn. Nur wer? Der neue Pfleger, der Hein, hatte eine viel tiefere Stimme gehabt und der Professor Bernhard spricht doch immer, als ob er erkältet ist. Etwa der neue Stationsarzt oder doch Dr. Frank? Also war das alles kein Traum? Ich habe wirklich das Krankenhaus verlassen und mich mit dem Typ, den ich am Bahnhof getroffen habe, betrunken. Erasmus schwitzte. Zum ersten Mal in meinem Leben betrunken! Und das ausgerechnet jetzt, wo das doch das Letzte ist, was ich tun sollte.

Er beschloss, sich erst einmal nicht zu bewegen. Er hielt die Augen zusammengekniffen. Er musste abwarten, was passiert. Ein Donnerwetter oder eine Strafpredigt? Was würden seine Mutter und sein Vater zu der Geschichte sagen.

„Ich hab dich lieber erst mal zu mir gebracht, Muste. Ruh dich noch was aus, später bring ich dich zurück ins Krankenhaus. Du bist ja noch weiß wie ne getünchte Wand. Ich sag denen, war alles meine Schuld. Mach das schon irgendwie."

Zu mir gebracht? Also bin ich nicht im Krankenhaus, sondern bei dem Kerl, den ich gestern getroffen habe. Das ist doch seine Stimme, dachte Erasmus. Es war ihm, als sei die Erde umgekippt.

„Kannst was essen oder magst was trinken?" Erasmus schüttelte den Kopf, er wusste nicht mehr ein noch aus, sein Gehirn wollte explodieren. Als Linus besorgt die Hand auf Erasmus' Schulter legte und er die Berührung fühlte, beschloss er, die Augen einen Spaltbreit zu öffnen, um sich endlich Gewissheit zu verschaffen, wo er war. Zunächst kam nur ein wenig Licht durch die Wimpern und er konnte schwach die Konturen von einem halb offenen Kleiderschrank erkennen. Schließlich, deutlich zu seinen Füßen, ein Poster von Bruce Lee mit blutigen Striemen im Gesicht sowie am Körper. Auf keinen Fall war er im Krankenhaus.

„Wo bin ich?"

„Bei mir Muste. Hab dich hierher gebracht, sonst hätts im Krankenhaus bestimmt einen Aufstand gegeben. Du warst ja total zu und das nur von den paar Biern."

„Wie viel habe ich denn im Bahnhof getrunken?"

„Welcher Bahnhof? Wir haben uns doch zufällig vor meiner Kneipe getroffen, nich in einem Bahnhof. Oh je, dich hats ja voll erwischt." Linus schüttelte den Kopf.

Erasmus blickte zu Heins Uhr an seinem Handgelenk, das Display verschwamm vor seinen Augen.

„Wie spät ist es?"

„Beinahe zwölf, du Langschläfer."

„Mann, ich muss schnell zurück ins Krankenhaus", stammelte Erasmus. „Meine Mutter kommt immer gegen elf. Die letzten Tage war ich weggedöst, habe sie nich bemerkt. Sie ist bestimmt auch heute wieder gekommen. Und ich bin nicht da!" Ihm war, als raste ein ICE auf ihn zu und er war an die Schienen gekettet.

„Keine Panik, Muste, ich regele das schon." Erasmus wurde es noch schlechter. Er fand sich nicht mehr zurecht. Als sein Blick auf der Uhr neben dem Bett hängen blieb, erstarrte er. Was er da blinken sah, konnte er nicht glauben. Aber sooft er auch hinsah, es blieb dabei: *05 – 07 – 2017.*

Am fünften Juli war er ins St. Georg Krankenhaus eingeliefert worden, an einem Mittwoch. Was gestern für ein Tag war, wusste er nicht, er war die letzte Zeit oft nicht bei Bewusstsein gewesen. „Ist heute Mittwoch?"

„Ja, wieso. Gestern war Dienstag und ich Dussel hab meine Arbeit verloren. Den Tag werd ich so schnell nicht vergessen."

„Etwa Juli?"

„Ja, was denn sonst."

Nein! Das konnte nicht wahr sein. Erasmus begann zu fiebern. „Mache bitte das Radio oder den Fernseher lauter, was reden die gerade?"

„Also, sone Bande, wohl aus Osteuropa, hat nachts Kabel von der S-Bahn abmontiert, paar hundert Meter. Der halbe S-Bahn-Verkehr war heute Morgen für paar Stunden zusammengebrochen. Das ist absolut krank so was." Davon hatte Erasmus zwei Tage nach seiner Einlieferung ins Krankenhaus erfahren, als die Metalldiebe gefasst wurden. Oder war es eine ganz andere Sache. Oder doch nicht?

„Die Metalldiebe hat die Polizei schon zwei Tage später gefasst," kam es unvermittelt über Erasmus' Lippen.

„Was spinnst du da?"

„Egal. Es ist mir einfach rausgerutscht. Ich bin noch nich ganz klar im Kopf", brachte er stotternd als Entschuldigung hervor.

Wenn die übermorgen gefasst werden, werde ich wahnsinnig. Bin ich etwa drei Monate in der Zeit zurückgerutscht? Was ist nur passiert? Er schloss die Augen und legte sich wieder flach ins Bett. Er wollte nichts mehr hören oder sehen, aber die Aufregung ließ ihn nicht in Ruhe.

„Du, Linus, kannst du bitte noch mal das heutige Datum sagen."

„Mann, Muste, dich hats ja mega erwischt. Also heute ist Mittwoch der fünfte Juli zweitausendsiebzehn. Schau selbst."

Linus warf ihm eine Bildzeitung aufs Bett.

„Damit du's endlich schnallst, Muste. Die ist von heute Morgen. Hab ich grad erst geholt, als du noch gepennt hast. Und lies auch, was ganz unten steht, darüber hab ich mit dir gestern gesprochen."

Über dem roten Rechteck mit dem weißen Bild-Logo stand das Datum, ebenfalls in Rot: MITTWOCH, 5. JULI 2017 und daneben schreierich wie immer aufgemacht: **Der Ruin einer Legende! Boris-Freund fordert 36,5 Millionen!**

Erasmus legte die Zeitung weg. Um diese Zeit vor drei Monaten hatte er mit seinem Vater am Küchentisch gesessen, beide hatten kaum etwas gegessen und sahen sich schweigend an, während seine Mutter alles für seinen bestimmt schon über zwanzigsten Krankenhausaufenthalt vorbereitete. Die Stimmung war gedrückt gewesen. Wenn es dieses Mal keinen Erfolg gibt, dann ..., lag in der Luft. Genau in diesem Augenblick befand er sich betrunken im Bett eines Fremden! Wenn er hier war, war das Bett im Krankenhaus jetzt leer und alle suchten nach ihm? Nein, das kann nicht sein, denn um diese Zeit saß ich zusammen mit meinem Vater am Tisch und war noch gar nicht im Krankenhaus, erinnerte sich Erasmus. Kann ich an zwei Orten zugleich sein, am Tisch mit meinem Vater und zugleich im Bett bei einem fremden Kerl? Das war zu viel.

„Hast du etwas gegen Kopfschmerzen?" Erasmus musste sich konzentrieren, irgendetwas war aus der Bahn gelaufen.

„Ich hab Aspirin, kannst haben, wenn du willst. Ich bring dir gleich ein Glas Wasser."

Erasmus betrachtete die Uhr am Handgelenk. Dass es nicht seine war, war hundertprozentig sicher. Er besaß eine Seiko-Uhr und dies war eine Smartwatch. Die hatte ihm sein Pfleger Hein gestern gegeben. Hatte er nicht gesagt, nutze die Zeit aus, als er sie mir übergab.

Die Datumsanzeige flimmerte vor seinen Augen, dieses Mal konnte er sie mit Mühe erkennen: *5:00 27-09-2017.*

Ist das nicht der Zeitpunkt, an dem Hein auf mich wartet? Das wäre heute Morgen gewesen, aber heute ist erst der fünfte Juli, der Tag, an dem ich ins Krankenhaus eingeliefert worden bin. Ein eisiger Schauer durchströmte seinen Körper. Beinahe drei Monate lagen zwischen beiden Daten. So ist das also. Hein hat mir Zeit geschenkt, bis ich ihn wieder im Krankenhaus treffen muss. Nicht nur ein paar Stunden, sondern fast drei Monate. Damit gab Erasmus sich erst einmal zufrieden, obwohl er alles überhaupt nicht verstand.

„Was ist nun mit dem Aspirin?", erkundigte sich Linus gedehnt. „Brauchst du es nicht mehr?"

„Nein, es ist alles in Ordnung. Ich gehe lieber kalt duschen, wenn's ok ist. Du hast doch hier eine Dusche oder?"

Linus nickte mit dem Kopf nach links zur Kochnische. Erasmus stand auf, seine Knie waren immer noch schwach, und er begann sich langsam auszuziehen. Linus hatte ihn in Kleidern aufs Bett gelegt und zugedeckt. Als er in Unterhosen im Zimmer stand, schämte er sich, aber er fühlte sich besser.

„Geht's dort zur Dusche?"

„Ja genau. Willst etwa mit deiner Mütze aufm Kopf duschen gehen?"

Wie lang sind meine Haare vor drei Monaten gewesen, wenn überhaupt höchstens etwas Flaum. Erasmus zögerte, schließlich zog er die Mütze ab. Es war die Tommy Hilfiger Mütze von Hein. In der ihm verbleibenden Zeit wollte er ehrlich bleiben. Für einen Moment hörte man im Zimmer nur das feine Rauschen von Linus' Notebook-Ventilator, ehe er sich erschrocken meldete.

„Du bist doch nich etwa son rechter Glatzkopfidiot,
oder?" Da war sie wieder, seine Krankheit, die ihn
überallhin begleitete, ihm sein ganzes Leben verdarb.
Er würde ihr nicht entrinnen können, das wusste er.
Wenigstens gab es einen Aufschub.

„Nein, das kommt von meiner Krankheit. Strahlen
und Chemo haben mich so zugerichtet, aber es hat alles nichts geholfen." Wieder Stille, die nur vom Rauschen des Ventilators erfüllt war, dieses Mal annähernd eine Ewigkeit.

„Krebs?"

„Ja." Es war raus. Erasmus fühlte sich freier.

„Ist okay. Zieh dir vorher lieber noch deine komischen Unterhosen aus, oder hast du das unten auch
schon verloren?" Beide versuchten vergeblich ein Lachen und Linus gab Erasmus endlich einen Schubs in
Richtung Dusche.

„Ich geb dir nachher Boxershorts von mir. Sind ge-
waschen. Du brauchst dich nich zu schämen, ich
schaue nicht hin. Gibt bei dir ja wirklich nichts zu sehen. Die Duschkabine ist sehr eng, darin kannst nix
lassen, es wird alles nass. Du musst dich schon hier
ausziehn."

Nach dem Duschen ging es Erasmus besser, das
Brummen im Kopf war schwächer geworden.

„Wolln wir noch kurz was frühstücken, ehe ich dich
zum Krankenhaus bringe", fragte Linus besorgt.

„Ja, gute Idee, aber mit dem Krankenhaus hat es
noch etwas Zeit."

„Wenn du meinst, super. Ich lauf schnell runter und
hol uns ein paar Schrippen und du suche dir ausm
Schrank was anzuziehen, siehst ja voll bescheuert aus
mit den Klamotten von deim Pfleger."

Als Erasmus alleine war, überdachte er seine Situation. Was es auch immer war, er schien gesund zu sein

und drei Monate jünger. Wenn ich am siebenundzwanzigsten September um fünf Uhr morgens nicht
hingehe? Werde ich einfach weiterleben? Und mein
anderes ich? Ich müsste zum Krankenhaus gehen und
sehen, ob ich heute tatsächlich eingeliefert worden bin.
Falls es so ist? In diesem Fall gibt es mich zweimal!

Erasmus kam nicht weiter und betrachtete, um sich
abzulenken, die Bild-Zeitung. Was hatte Linus wohl
damit gemeint, und lies, was ganz unten steht, darüber habe ich mit dir gestern gesprochen. Erasmus
fand sofort, worauf Linus angespielt hatte: **Bundeskri-
minalamt hat „Panama Papers" gekauft.**

Es ging wieder um die Reichen, die immer reicher
werden und den anderen bleibt nichts. Um Geld hatte
sich Erasmus noch nie gekümmert, er hatte immer genug Taschengeld gehabt. Das Problem war vielmehr
das Ausgeben gewesen, denn dazu war er wegen der
vielen Krankenhausaufenthalte kaum gekommen.
Seine Eltern hatten ihrem kranken Sohn immer alles
geschenkt, was er haben wollte.

Es müsste schon eine ordentliche Summe auf meinem Konto zusammengekommen sein, überdachte
Erasmus seine Situation. Mit all dem Geld zu Weih-
nachten und zum Geburtstag, das ich nicht ausgeben
konnte. Sowie dem Taschengeld, das ich da gebunkert
habe. Wenn ich nur drankommen könnte, denn für die
drei Monate brauche ich Geld. Sein Kopf wurde immer klarer. Er wusste seine Geheimnummer und
könnte sich am Bankautomaten Geld ziehen. Niemand
würde etwas merken und er hätte genug Geld zum Leben. Warum ihm Hein nachts die Bankkarte zuge-
steckt hatte, verstand er endlich. Der hat einen länge-
ren Ausflug geplant, grinste Erasmus zufrieden in sich
hinein. Und das werde ich ausnutzen.

Linus hatte frische Brötchen gebracht. Sie schmier-
ten sich Erdbeermarmelade aus einem Glas darauf

und es gab Cornflakes mit Milch. Dazu machte Linus zu Feier des Tages, wie er schmunzelnd bemerkte, noch eine Dose Ananas auf. Solch ein schmackhaftes Frühstück hatte Erasmus schon lange nicht mehr gegessen. Wie die vier Brötchen waren ebenso die Kopfschmerzen im Nu verschwunden und an seinen Krebs dachte er schon gar nicht mehr.

„Du, Linus, ich hätte Lust, heute mal Berlin unsicher zu machen. Was meinst du? Vielleicht könnten wir uns hier irgendwo Fahrräder ausleihen, etwa ein Lidl-Bike, und damit quer durch Berlin kreuzen."

„Kannst ruhig Nuss zu mir sagen, das mag ich lieber. Klar können wir uns Fahrräder ausleihen, aber was ist mit dem Krankenhaus, oder willst du da etwa heute nicht mehr hin? Und deine Mutter? Wartet sie nicht dort auf dich?" Linus schaute Erasmus entgeistert an.

„Ach was, das habe ich einfach so hingesagt, mache dir damit nich den Kopf voll. Ich habe einfach Lust, mal was anzustellen. Das Krankenhaus kann warten. Ich war schon lange nicht mehr draußen, in Freiheit. Außerdem muss ich mir Geld vom Automaten besorgen und ich lade dich heute für den ganzen Tag ein."

Kapitel 5

06.07.2017

Am nächsten Tag hielt es Erasmus nicht mehr aus. Er musste sich unbedingt Gewissheit verschaffen und fuhr zum St. Georg Krankenhaus. Am Empfang verließ ihn der Mut. Nur mit Stottern brachte er hervor, Professor Bernhard sprechen zu wollen.

„Der Professor ist im Augenblick bei einer Operation und daher nicht abkömmlich. Wenn Sie einen Termin vereinbaren wollen, melden Sie sich bitte im Sekretariat des Professors an. Um was geht es denn?"

„Ah, also, eigentlich nichts Besonderes. Also, eh, ich kenne ihn persönlich und wollte einfach mal Guten Tag sagen. Ich bin gerade in der Nähe", fügte Erasmus unter Stottern hinzu.

„Auf jeden Fall müssen Sie sich zunächst im Sekretariat anmelden, der Professor ist immer sehr beschäftigt." Allmählich regulierte sein Körper die Angst, in irgendein schwarzes Zeitloch gefallen zu sein. Er wurde mutiger.

„Eigentlich möchte ich nur Erasmus Baumann besuchen. Ich glaube, er liegt in der Onkologie im Zimmer 103. Er wurde gestern eingeliefert." Erasmus fieberte der Antwort entgegen. Gab es ihn wirklich zweimal?

Die Schwester nahm eine Mappe und blickte eine Ewigkeit hinein. „Darf ich fragen, wie Sie zu ihm stehen?"

Für einen Augenblick verstand er die Frage der Schwester nicht, schließlich begriff er, sie meinte seine verwandtschaftliche Beziehung zu ihm! Erasmus zögerte für einen Augenblick. „Ich bin sein Bruder." Er biss sich auf die Lippen, er hätte Zwillingsbruder sagen sollen, das hätte vielleicht alles vereinfacht.

„Ja, Ihr Bruder ist gestern hier eingeliefert worden, er kann jedoch nur autorisierten Besuch erhalten, wie ist ihr Vorname?" Darauf hatte Erasmus sich nicht vorbereitet.

„Benno", erwiderte er mit Verzögerung.

„Ich habe Sie nicht auf der Liste. Ihre Eltern haben vielleicht vergessen, Sie aufzuführen." Dabei schaute sie ihn über ihre Brillengläser verwundert an. „Bitte besprechen Sie das mit Ihren Eltern."

Es gibt mich tatsächlich zweimal! Das ist sicher. Der Boden unter ihm schwankte, er musste sich an der Empfangstheke festhalten. In seinem Kopf hämmerte es, für einen Augenblick wurde es Nacht vor seinen Augen. Es dauerte eine Minute, bis er wieder bei sich war.

„Ja, das muss ich unbedingt machen." Er verabschiedete sich höflich von der Schwester, die besorgt sein fahl gewordenes Gesicht betrachtete.

Erasmus kannte den Weg zum Zimmer 103 in der Onkologie. Er lief wie in Trance links durch die Gänge, nahm den rechten Aufzug und als er vor dem Eingang zur Abteilung stand, pochte sein Herz so wild, als wollte es ihm denn Garaus machen. Würde er sich hier treffen, sich selbst? Mit feuchter Hand drückte er die Klinke herunter. Die Stationstür war verschlossen. ‚Besucher bitte klingeln', stand auf einem weißen

Kärtchen neben der Tür. Erasmus Zeigefinger zitterte, endlich drückte er den Knopf. Es dauerte einen Augenblick, bis er von innen der Abteilung Schritte hörte. Jemand öffnete die Tür. Es war Schwester Hildegard! Erasmus starrte sie an und brachte kein Wort hervor.

„Ja bitte?", die freundliche Stimme, die seine Mutter immer als Roboterstimme bezeichnete.

Erkannte sie ihn nicht? Erasmus musste einen Augenblick warten, ehe er die Sprache wiederfand. Seine Worte stolperten wie über unebenes Gelände. „Ich bin ein Schulfreund von Erasmus und wollte einmal nachfragen, wie es ihm geht. Er wurde gestern hier eingeliefert, nicht wahr?" Dabei betrachtete er ihr Gesicht, es zeigte sich keine Regung. Wer war ER, wenn sie IHN nicht erkannte?

Schwester Hildegard betrachtete den Jungen lange. Sieht er nicht aus wie Erasmus, aber der liegt ja zehn Meter entfernt auf Zimmer 103. Habe ich ausschließlich den sterbenden Erasmus im Sinn. Sehe ich schon Gespenster? In ihrem Kopf war alles weiß, nach Sekunden fasste sie sich wieder.

„Ja, Sie haben recht, Ihr Klassenkamerad ist gestern hier eingeliefert worden. Ich finde es schön, dass Sie ihn besuchen möchten, er wird sich bestimmt freuen. Ich glaube, es geht ihm im Augenblick den Umständen entsprechend gut. Er war eben noch an seinem Computer. Alle Besucher müssen sich vorher bei Professor Bernhard anmelden, ohne seine Erlaubnis kann ich Sie leider nicht hereinlassen. Im Augenblick ist sowieso keine Besuchszeit, denn der Stationsarzt ist bei den Patienten und macht seine Visite." Es gab IHN hinter dieser Tür, vor der er stand. Erasmus konnte nicht begreifen, was vor sich ging.

„Danke. Ich komme in den nächsten Tagen noch einmal vorbei." Wie gern hätte er sein anderes Ich getroffen, ihm Mut gemacht. Erasmus verstand, dass es unmöglich war. LEBE, hatte ihm Hein zugerufen. Das allein war von heute an seine Aufgabe. Er musste sein Leben neu erfinden.

Beim Verlassen des Krankenhauses holte er das Handy aus der Hosentasche, das er sich gestern über Linus besorgt hatte, um sich mit ihm am Nachmittag zu verabreden. Noch einmal überkam es ihn, als seine Finger über den Tasten schwebten. Er könnte seine Mutter anrufen, vielleicht mit verstellter Stimme, und sich als Klassenkamerad ausgeben. Nach kurzem Zögern unterließ er es, er wollte das neu geschenkte Leben nicht zerstören. Hätten Adam und Eva nicht alles wissen wollen, wären sie bestimmt noch im Paradies, und da will ich bleiben, ging es ihm durch den Kopf. Entschlossen wählte er Linus' Nummer. Ungeduldig wartete er, bis das Rufzeichen verstummte, endlich war Linus' dröhnendes Berlinerisch zu vernehmen.

„Hey Muste, wo treibste dich denne rum?"

„Ich wollte etwas ausprobieren, aber ich habe es lieber sein gelassen. Hast du für heute Abend etwas vor und darf ich bitte noch einmal bei dir übernachten? Nur noch einmal."

„Klar immer doch. Ich treff mich nachher mit paar Kumpels. Kannst dazukommen, wenn du willst. Wir wollen was besprechen wegen Fußball. Es wird bestimmt lustig mit dir."

„Wieso wird es mit mir lustig?"

„Na son krebskrankes Skelett wie du, das aus'm Krankenhaus abgehaun ist und nicht mehr zurückwill und schon von zwei Bieren total besoffn ist, is doch die Lachnummer. Das glaubt doch niemand."

„Mann, Nuss, ich hau dir gleich was in die Fresse!" Erasmus fühlte sich pudelwohl in seiner neuen Umgebung. Das ‚was in die Fresse hauen' war ihm einfach herausgesprudelt, war das etwa schon der Einfluss von Linus' Sprache, überlegte er. Dass jemand mit seinem abgemagerten Körper Spaß trieb, ja darüber lachen konnte, hatte er bisher noch nicht erfahren. Die Stimmung war nämlich immer sofort geerdet, wenn man auf sein Aussehen zu sprechen kam.

In guter Laune schwang er sich auf das Leihfahrrad, kurvte durch Berlin und fand sich in der Kurfürstenstraße wieder. Mit siebzehn hatte er zwar keine Ambitionen, jedoch Lust, sich hier einmal umzusehen. Jung sein ist eben auch eine Krankheit, grinste er in sich hinein. Zu seiner großen Enttäuschung standen keine Prostituierten auf der Straße, seine Erregung ebbte ab. Jedenfalls niemand in sexy Aufmachung mit langen Beinen in Stiefeln, wie er es nach einem TV-Bericht erwartet hatte. Er radelte enttäuscht um den U-Bahnhof Kurfürstenstraße, durch einige Seitenstraßen, an einem Einrichtungshaus vorbei, aber wie es ihm das Internet vorgegaukelt hatte, war es nicht. Was er schließlich erblickte, waren zwei ältere Frauen mit viel zu kurzen Röcken für die Beine wie Brückenpfeiler. Erasmus schätzte sie um die vierzig. Er radelte näher, die beiden machten nur einen gelangweilten Eindruck.

Es war um die Mittagszeit und wahrscheinlich sind die Schwalben essen, grinste er in sich hinein und beschloss, sich ebenfalls etwas einzuverleiben. Wie wäre es mal mit einem Fischbrötchen? Warum gab es im Krankenhaus niemals leckeren Fisch? Alles schmeckte immer so fade.

Auf der Suche nach einem Fischgeschäft fuhr Erasmus in die Richtung von Linus' Apartment, zahlte sich unterwegs zweihundert Euro an einem Automaten aus und fühlte in sich Gier nach Leben. € 4.643,24 hatte ihm der Automat als Restbetrag angezeigt. Das würde auf jeden Fall erst einmal reichen. Ich könnte für einige Zeit in einem Hostel wohnen und zum Essen ist auf jeden Fall genug da. Mal sehen, was so alles auf mich zukommt. LEBE, hat mir Hein zugerufen. Vielleicht mache ich eine Reise, vielleicht nach Paris. Ihn wunderte es eigentlich, dass er keine Haare hatte, sonst war alles in Ordnung. Der Glatzkopf war inzwischen die einzige Erinnerung an den Krebs, dem er vor zwei Tagen entflohen war. Die Haare werden schon bald nachwachsen, hoffte er. Leben ist eins und Tod ist null, sagte er sich. Sterben will ich nicht, muss ich vielleicht nicht mehr, und damit trat er mit Kraft in die Pedale.

Als Erasmus Linus' Miniapartment betrat, war das Zimmer voll mit jungen Leuten, einige rauchten. Auf dem Tisch stand eine riesige, halb angegessene Torte. Hat Linus heute etwa Geburtstag? Ein eigentümlicher Geruch hing im Zimmer, den sich Erasmus nicht erklären konnte.

„Hallo, was gibt es denn hier zu feiern?

„Nichts Besonderes. Die Torte hat der Jens uns mitgebracht", erklärte Linus, wobei er auf einen Jungen, dem die langen Haare weit über die Augen gefallen waren, zeigte. Der schleuderte sich die Haare aus dem Gesicht und machte zur Begrüßung ein umgekehrtes V-Zeichen. „Jens arbeitet bei einem Cateringservice und das gute Stück ist übrig geblieben. Kannst zugreifen", erklärte Linus mit einem breiten Lächeln.

Nachdem er seinen neuen Freund unter Gelächter und Applaus als Muste, das Skelett, das aus dem Krankenhaus weggelaufen ist und nicht mehr zurückwill, vorgestellt hatte, waren alle wieder beim Fußball. Erasmus war froh, dass nicht über seine Krankheit gesprochen wurde. Die Torte zog ihn an wie ein Magnet. Er griff sofort zu, lud sich ein ordentliches Stück auf einen Pappteller, begann zu essen und ließ die anderen diskutieren. Gott, wie die Buttercremetorte schmeckte, wobei er schon nach dem nächsten Stück griff.

Beim Essen schaute er sich in der Runde um. Neben Linus saßen teils auf dem Bett, teils auf dem Boden der Langhaarige und noch drei junge Männer sowie zwei Mädchen, alle in den Zwanzigern. Das Mädchen ihm genau gegenüber hatte ihre rotbraunen Haare zu einem Pferdeschwanz gebunden, der lustig hin und her wippte, wenn sie sich bewegte. Genau das tat das agile Mädchen beim Sprechen oft. Ab und zu huschte ein Schmunzeln über ihr Gesicht, wobei sich ihre Nasenwurzel kräuselte. Ihr Lächeln fiel wie ein Zauber über Erasmus. Er sah ihre leicht schiefstehenden Schneidezähne, was er sofort mochte. Es schien ihm, als fixierte sie ihn lächelnd mit ihren kurzsichtigen hellblauen Augen, wenn er sich wieder ein Stück von der Torte in den Mund schob, was ihn irritierte. Ihre Augen kamen ihm wie geputzt vor, sie waren wunderbar hell. In ihrem Gesicht lag eine alles aufsaugende Neugier.

Wie alt mag sie sein, überlegte Erasmus. Zwanzig oder etwas mehr? Vor ihm tauchte Gusti auf, die eigentlich Augusta hieß und die es in der Klasse wegen ihrem bayrischen Akzent nicht leicht gehabt hatte. Aber er hatte sie gemocht. Er wäre gerne einmal mit ihr ausgegangen, doch seine Krankheit kam wieder dazwischen und während er im Krankenhaus lag, war sie mit ihren Eltern nach München gezogen. Ihr Vater arbeitete bei Siemens. Ihre kurzsichtigen hellblauen Augen hatten ihn noch lange begleitet, auch noch als ihre Mails bereits versiegt waren. Wieder glaubte er, nur zu träumen. Was für ein wunderschöner Traum. Da ist sie ja wieder! Wenn ich mich jetzt in den Arm kneifen würde, zerplatzt der Traum bestimmt und ich liege wieder mit Höllenschmerzen im Krankenhaus. Also tue ich es lieber nicht, dachte er.

Das Mädchen ihm gegenüber wurde mit Mia angeredet. Sie hatte geschwungene Lippen und eine sprudelnde Art zu lachen. Sie trug Laufschuhe, einen rosa Trainingsanzug und ein Fitnessarmband. Das andere Mädchen war sicherlich etwas älter. Es hatte lange lockige Haare bis weit über die Schultern und Sommersprossen. Sie sprach wenig. Erasmus' Augen blieben an dem Mädchen namens Mia hängen.

„Wie heißt du eigentlich richtig?" Das war Mia! Sie hatte sich zu ihm gebeugt. Erasmus blieb fast die Spucke weg. Er spürte ihr Parfüm sich in seine Nase drängeln und sein Herz bei ihm anklopfen.

„Eigentlich Erasmus, aber das mag ich nicht. Alle meine Freunde nennen mich einfach Muste."

„Erasmus ist bestimmt ein toller Name. Du kannst stolz darauf sein. Ich hätte mir gewünscht, dass sich meine Eltern bei meiner Namensgebung mehr angestrengt hätten. Was ist schon son Modename Mia gegen Erasmus. Nichts! Dein Vorname ist irre und regt meine Fantasie an. Ich weiß nicht, wie ich es sagen soll. Er hört sich an, als ob du aus einer anderen Welt kommst." Das hatte bisher noch niemand zu ihm gesagt. „Kommst du morgen mit Erasmus?", fuhr sie fort. „Wir fahren nach Oranienburg, dort spielt die Hertha gegen den Oranienburger FC als Sommertraining und

Benefizspiel. Mein Bruder kann dich auf seiner Kawasaki mitnehmen, wenn du willst."

„Ja, Mia, sehr gerne. Du kommst doch auch?"

„Super Muste, dass du mitkommst und am 29. geht's ins Olympiastadion zum Spiel Hertha gegen den FC Liverpool", fiel Linus in das Gespräch der beiden dröhnend ein.

Erasmus bekam einen Schreck. Das Spiel hatte er vor zwei Monaten im Krankenhaus gesehen, Liverpool hatte 3:0 gewonnen. Heute lag es noch vor ihm! Da war es wieder, der eine hilflos im Krankenhaus kurz vor weiteren schmerzhaften Bombardierungen und der andere alberte zur gleichen Zeit hier in guter Laune mit Gleichaltrigen herum. Wie war das überhaupt möglich? Es hatte keinen Sinn, sich darüber den Kopf zu zerbrechen, es würde zu nichts führen. Erasmus wischte die Gedanken an seinen Krebs weg wie Kondensat auf einer Fensterscheibe und blickte Mia fragend in ihre hellblauen Augen, ob sie mitfahren wird.

„Ja, Erasmus, ich bin natürlich dabei", strahlte Mia ihn an. „Wir veranstalten nach dem Spiel dort bei Bekannten im Garten eine supergeile Grillparty. Ich freue mich schon wie verrückt darauf."

„Was meinst, Muste", rief Linus wieder dazwischen. „Wie geht das Spiel Hertha gegen Liverpool aus? Wir schließen später Wetten ab, machst mit? Im Pot sind nachher bestimmt einhundert Euro oder mehr zu gewinnen."

„Nein, Nuss, ich habe keine Lust dazu."

„Ich glaub, es wird unentschieden ausgehen, ist ja nur son Trainingsspiel. Ich denk mal, ich wette zwanzig Euro auf ein 1:1."

„Mmm, Nuss, das würde ich nicht machen. Ich glaube, Liverpool gewinnt. Liverpool is eine ganz andere Klasse als die Hertha. Ich würde an deiner Stelle drauf wetten, dass Liverpool gewinnt."

„Wie hoch denne?"

„Nuss, das weiß ich nicht, woher denn auch. Auf jeden Fall zu null, denke ich." Erasmus wollte zunächst mit seinem Wissen vorsichtig umgehen.

Am nächsten Tag, am Freitag, traf sich die Gruppe in der Nähe von Linus' Apartment. Sie hatten zwei Autos. Mias Bruder Daniel war mit seiner Kawasaki gekommen. Reichlich Marschverpflegung wurde ausgetauscht und wer nicht am Steuer sitzen würde, hatte eine Bierdose in der Hand oder schon an den Lippen.

„Habt ihr gehört, die haben die Metalldiebe vom Mittwoch heute gefasst", rief einer aus der Gruppe. „Und die S-Bahn fährt wieder regelmäßig." Erasmus wunderte sich nicht mehr. Es wäre allerdings komisch gewesen, wenn sie heute nicht gefasst worden wären, denn sonst hätte die Gegenwart einen Fehler begangen und das war nicht möglich!

Das Thema war von den anderen schnell abgehakt, aber nicht bei Linus. Warum, das begriff er nicht. Die Sache mit den Metalldieben hatte sich in seinen grauen Gehirnzellen verfangen und ließ ihn nicht ruhen.

Als die Gruppe schon beinahe Oranienburg erreicht und er seine Dose Bier geleert hatte, fiel ihm Erasmus' komische Bemerkung am Morgen nach ihrem Treffen schlagartig wieder ein: Die Metalldiebe hat die Polizei zwei Tage später gefasst. Hat Muste etwa in seinem Delirium in die Zukunft geschaut? Dass es genau passte, machte ihn unruhig. Eigentlich wusste er nichts von dem Typ, außer dass er aus einem Krankenhaus abgehauen war. Aber dass er Krebs hatte, glaubte er nicht. Eher wohl aus einer Jugendstrafanstalt entwischt. Dazu passten die Glatze sowie seine stets tief über die Augenbrauen gezogene Mütze, die seine Gesichtszüge nahezu verbarg, perfekt. Wer rennt denn so im Juli rum? Ob er sich bei mir verstecken will?

Linus fiel wieder Erasmus' Satz ein, den er am Anfang zu ihm gesagt hatte: Ich war schon lange nicht mehr draußen, in Freiheit. Das war es! Der hatte kein Handy, was doch jeder hat. Auf jeden Fall sollte ich mit Erasmus vorsichtig umgehen, ermahnte er sich, sonst hänge ich noch in irgendeiner kriminellen Schweinerei mit drin, und dazu hab ich kein Bock. Aber wie ein Verbrecher kam er ihm eigentlich nicht vor. Nur die Sache mit den Metalldieben war schon zu komisch. Nein, nicht komisch. Da war etwas anderes, nur was?

Als sie in Oranienburg angekommen waren und sich alle streckten und reckten, drängte er sich wie zufällig an Erasmus.

„Was meinst Muste, wie geht das Spiel heute aus." Erasmus zuckte mit den Schultern. Er hatte keine Ahnung.

Mias helle Stimme fuhr dazwischen. „Wie war's bei meinem Bruder hinten drauf?"

„Weißt du, Mia, ich habe mich gefühlt wie der DiCaprio auf der Titanic. Ich hatte alle Lust, meine Arme auszubreiten und die ganze Welt zu umarmen. Na ja, dein Bruder hat gemeckert, ich soll hinten nicht herumhampeln. Ich habe mich noch nie so wohl, noch nie so wunderbar frei gefühlt."

„War das dein erstes Mal auf einem Motorrad?"

„Ja, ich freue mich schon auf die Rückfahrt morgen. Ich kann Moped fahren. Ich habe eins zu Hause. Das ist aber nichts gegen ein Motorrad. Ob dein Bruder mich morgen vor dem Aufbrechen etwas herumfahren lässt? Hier in der Wildnis gibt es bestimmt keine Polizei." Erasmus' Wangen waren rot geworden.

„Ich glaube nicht, er ist mit seinem Motorrad sehr eigen. Wenn du willst, kann ich ihn ja einfach mal fragen."

„Pass bloß auf Muste, dass du keinen Unfall baust. Sone schwere Maschine ist für son Leichtgewicht wie du es bist was ganz anders als son Moped", meldete sich Linus zurück. „Und was ich noch mal fragen wollte, was denkst, wie geht das Spiel heute aus?"

„Das weiß ich nicht. Es ist ja ein Benefizspiel. Ich denke, es werden schon ein paar Tore für die Hertha fallen." Das war ebenso Linus' Meinung, wie die seiner Freunde, denn die Hertha war zu stark für Amateure. Allerdings hätte er gerne von Erasmus erfahren, wie viele Tore es geben würde, denn dessen damalige Bemerkung wegen der Metalldiebe ließ ihn nicht zur Ruhe kommen. Er fühlte sie wie ein Steinchen im Schuh drücken. War das wirklich nur Zufall gewesen?

„Wie alt bist du eigentlich, Erasmus, ich glaub, du bist der Jüngste hier," nahm Mia das Gespräch wieder auf. „Jedenfalls siehst du echt jung aus."

„Ich bin siebzehn und werde Ende Oktober achtzehn, also in drei Monaten. Ich freue mich schon sehr darauf." Das sprach er etwas zu laut aus, mit einer Bestimmtheit, um es sich selbst zu bestätigen. Wenn ich ins Krankenhaus zurückgehe, wusste er, erlebe ich meinen Geburtstag nicht mehr und den möchte ich schon gerne feiern. Und die darauf folgenden ebenso. Ich will leben! Hein wird das verstehen und versprochen habe ich ihm eigentlich nichts. Soll etwa der Jüngste vor allen anderen sterben? Dabei blickte er sehr ernst.

„Mia, warum nennst du mich eigentlich immer Erasmus und nicht Muste wie alle anderen?"

„Das kann ich dir nicht genau sagen. Erasmus gefällt mir einfach. Etwas Magisches fühle ich immer um dich und dafür passt son mittelalterlicher Name eben."

Als nach Linus gerufen wurde, lief er hinüber zu den anderen. Die beiden blieben allein.

„Komm, lass uns beide noch etwas die Gegend erkunden, ehe das Fußballspiel beginnt." Mia nahm Erasmus an die Hand. „Gehen wir runter bis zum Lehnitzsee, der ist nicht weit von hier. Dort ist es immer schön und wir können uns am Ufer etwas ins Gras setzen", sagte sie verlegen mit trockener Kehle. Das war etwas, was sich Erasmus schon immer sehnlichst gewünscht hatte, einmal mit einem Mädchen im Gras sitzen. Sich einfach austauschen. Sein Traum würde real werden.

„Als ich dich zum ersten Mal traf", begann Mia unterwegs, „fand ich dich nur interessant und wollte dich unbedingt besser kennenlernen, mehr nicht. Aber inzwischen ist es anders. Ich mag dich." Mia errötete.

„Weißt du Mia, ich habe gleich gefühlt, dass ich nicht anders kann, als dich zu mögen. Ich denke mir, es wäre schön, wenn wir zwei einmal ausgehen würden." Erasmus umgab ein Gefühl der Zufriedenheit, das er schon lange nicht mehr gekannt hatte. Er wusste für einen Augenblick nicht, wo er seine Hände lassen sollte. Ihre beiden Blicke trafen sich.

Ob ich sie jetzt küssen sollte? Und wenn sie mich jetzt küssen würde? Erasmus blickte zu Boden, nahm allen Mut zusammen, ergriff ihre Hand und zog Mia an sich. Er fühlte ein Kribbeln, das sich durch seinen gesamten Körper auszubreiten begann, bis hinein in die Fingerspitzen.

Beide kamen zehn Minuten nach Anpfiff eilig zum Fußballplatz gestolpert.

54

Kapitel 6

Am Donnerstag der darauffolgenden Woche nahm Linus Erasmus mit zur Arbeit. Mias Bruder Daniel hatte sie ihm vermittelt. Es galt in Rekordzeit drei Zimmer in einem Altbau neu zu streichen. Die Arbeiten waren schon arg in Verzug und die Bauleitung versuchte alles, den Abgabetermin nicht allzu sehr abrutschen zu lassen. Linus hatte den Auftrag gern übernommen, er brauchte dringend Geld.

„Ohne dich schaffe ich das in der kurzen Zeit nicht und du kannst ja nicht ewig umsonst bei mir wohnen. Zu tun hast ja anscheinend nichts. Musst halt auch mal was schaffn, Muste." Das meinte Linus nicht ernst und lachte seinem Freund dabei ins Gesicht. „Umsonst brauchst aber nich zu arbeiten. Dreihundert Euro werden wohl für dich dabei herausspringen, dazu noch steuerfrei."

„Weißt du, Nuss, ich habe noch nie gearbeitet, schon gar nicht etwas angestrichen. Aber helfen tue ich dir natürlich gerne. Ich versuche es so gut ich kann, das verspreche ich dir."

„Hast im Knast nie in der Werkstatt gearbeitet? Machen doch alle da." Erasmus überhörte die Stichelei, die sein Freund ab und zu losließ. Vom Knast abhauen war für Linus sicherlich verständlicher als vom Krankenhaus. Wieso er unvermittelt mitten in Linus' Leben gestolpert war, wusste er selbst nicht. Es war inzwischen über eine Woche her, dass Hein ihn in diese

Welt entlassen hatte. Er mochte Linus, die anderen aus der Gruppe und eben Mia. Er war glücklich. Wenn ihr Bruder Linus die Arbeit besorgt hatte, umso besser, überlegte er.

„Ich denke mal so Anstreichen ist ja nicht wirklich schwer."

„Na, denk das mal, du Klugscheißer." Die offene Art, wie Linus mit ihm umging, schätzte er. Erasmus erinnerte sich, was ihm Mia in Oranienburg auf der Wiese am Lehnitzsee erzählt hatte: Linus ist eigentlich ein guter Kerl. Nicht immer ganz ehrlich und manchmal kocht er über. Er hat schon mit sechzehn Jahren beide Eltern bei einem Autounfall verloren und musste sich alleine durchschlagen. Es war damals eine sehr schwere Zeit für ihn, plötzlich auf sich allein gestellt zu sein. Mein Bruder hat sich damals etwas um ihn gekümmert. Linus hat auch eine Zeit lang bei ihm gewohnt, bis er sich wieder gefangen hatte. Sie sind dabei gute Freunde geworden. Jetzt kümmert sich Linus genauso etwas um dich. Ich glaube, er macht es gerne. Bestimmt werdet ihr gute Freunde. Mit einer Verzögerung hatte sie hinzugefügt: „Und wir beide bestimmt auch." Erasmus' Herz hatte damals einen Hüpfer gemacht.

Ehe Linus mit dem Malern anfangen konnte, mussten zuerst Fenster, Türen, Lampen sowie alles, was aus der Wand hervorstand, sorgfältig abgedeckt werden.

„Das ist erst mal eine langwierige und langweilige Arbeit", erklärte Linus etwas übertrieben feierlich, „doch die Genauigkeit beeinflusst später den Erfolg oder Misserfolg der Malerarbeit", fügte er wie ein Oberlehrer hinzu. „Also streng dich an!"

Erasmus stellte sich nicht ungeschickt an, arbeitete zwar beim Spachteln und Abkleben langsam, aber fehlerfrei. Sein Freund war mit ihm zufrieden.

„Das machst du ja super für einen, der noch nie gearbeitet hat", stellte Linus nach einer Stunde mit ironischem Unterton fest. „Während ich mit dem Malern drüben anfange, kannst du schon mal die nächsten Wände alleine vorbereiten, aber baue bitte keinen Mist."

Nach zwei großen Flaschen Coca-Cola, sieben Sandwichecken und nahezu neun Stunden Arbeit war Erasmus erschöpft. Wohlige Kopfschmerzen von den Farbverdünnern hüllten ihn wie in eine Schmusedecke ein.

„Für heute is Zapfenstreich, Muste. Geht ja super mit dir." Linus holte zwei Flaschen Bier aus seiner Arbeitstasche und setzte sich im Schneidersitz auf den Fußboden.

„Ich würd gern mal wissen, was du bisher getrieben hast. Mia hat mir erzählt, du bist erst siebzehn."

„Außer Schule und Krankenhaus nicht viel."

„Du immer mit deinem Krankenhaus. Für son Krebskranken biste eigentlich ganz munter. Du hast mich letzten Mittwoch schön erschreckt. Ich versteh nämlich etwas von Krebs, wegen meinem Großvater. Find, ist nicht toll, damit rumzuprahlen."

Erasmus blieb still. Seitdem er das Krankenhaus verlassen hatte, waren die Schmerzen, die ihn dort gepeinigt hatten, tatsächlich wie weggeblasen. Medizin brauchst du nicht mehr, hatte ihm Hein gesagt, ebenso die Folterungen würden nie mehr wiederkommen. Und zum Schluss: Du hast es geschafft, du hast deine Leiden überstanden. Hatte er etwa den Krebs besiegt? Oder war es die übliche Periode nach erfolgreicher Bombardierung alles Lebens bis zum nächsten Ausbruch? Eine kurze Zeit der Hoffnung, wie damals, als er zusammen mit seinem Vater auf einer Zeltwanderung durch den Harz gewesen war. Sein Vater hatte ihn am Lagerfeuer gefragt, was er aus seinem Leben machen will. Wie hatte ihn das gefreut, weil sie beide über seine Zukunft sprachen, über seine Ambitionen. Da war er seinem Vater vor Freude um den Hals gefallen. Die ihn stets bedrängenden düsteren Gedanken, was wird aus meinen Träumen werden, wenn ich vor meiner Zukunft sterbe, hatten sich an diesem Tag aufgelöst wie Tau in der Morgensonne.

„Das tut mir leid, Nuss. Ich wollte damit nicht angeben. Krebs ist eine ernste Sache, das weiß ich besser als alle anderen. Das kannst du mir glauben. Dass ich aus dem Krankenhaus abgehauen bin, stimmt schon."

„Na, wer's glaubt." Damit war das Thema zu Erasmus' Erleichterung wieder einmal abgeschlossen. Er setzte sich ebenfalls auf den Fußboden, Linus machte ihm seine Bierflasche auf und sie stießen sie gegeneinander.

„Prost", rief Linus. Damit begann der Feierabend. Erasmus schmeckte das Bier immer noch nicht besonders. Mit der Zeit gewöhne ich mich bestimmt daran, dachte er. Ein Schmunzeln ging über sein Gesicht. Wenn mein Vater mich in diesem Augenblick sehen könnte, mit einem Freund fröhlich beim Bier und nicht wie ich im Krankenhaus zusammengekauert liege und der letzte verzweifelte Versuch beginnt, die Wucherungen endlich auszumerzen. Wie würde das meinen Vater glücklich machen. Ob mein Schmunzeln von eben ihn erreichen könnte? Steht er vielleicht in diesem Augenblick an dessen Krankenbett und der ANDERE schmunzelt ihn an? Was würde ich dafür geben. Erasmus hatte sich in seine Gedanken vergraben.

„Du, Muste, mal was ganz andres. Bei der Fete in Oranienburg am Wochenende hast ganz toll auf Jens' Gitarre gespielt. Ich fand das ehrlich toll, die anderen genauso. Wo hast das denne her? Bist etwa ein

Profi oder warst in eurer Schülerband? Das klang nämlich schon echt professionell."

„Nein, leider nicht. In einer Schülerband wäre ich gern gewesen. Ich habe mir alles selbst beigebracht."

„Was war denne das letzte Stück, was du gespielt hast, kenn ich doch von irgendwo her."

„Also, das war ‚The House of the Rising Sun'. Weißt du, es hat nur fünf Akkorde. Es ist wirklich nichts Besonderes. Das kann mit bisschen Übung jedes Kind."

„Du, Muste, ich hätt auch mal wieder Lust herumzuzupfen, ist ja nicht so schwer", lachte Linus übermütig.

„Na, denk das mal, du Klugscheißer." Damit schlug Erasmus Linus auf die Schulter, was ihm eine besondere Freude bereitete. Beide lachten wie Kinder über einen schmutzigen Witz, wobei sich Linus fast verschluckt hätte.

„Du, Muste, ehrlich, ich hab son Ding bei mir unterm Bett liegen. Hab in der Schulband gespielt und wir sind sogar einmal aufgetreten. Hab's nachher aufgegeben, als meine Eltern starben. Seitdem war mir nich mehr danach." Linus hielt für einen Augenblick inne. „Ich hätt aber wieder Lust dazu, als ich dich spielen sah. Wir sollten mal aufm Alex auftreten, wir könnten bestimmt ein paar Kröten zusammenbekommen. Ich mach gern den Vokalpart."

„Ja, das wäre mal eine prima Sache. Das würde mir auch richtig Spaß machen. Ich habe bisher immer nur zu Hause für mich gespielt, aber vor Publikum zu musizieren, das ist aufregend."

Erasmus hatte Feuer gefangen, sterben ohne Ambitionen, wenn auch noch so geringe, wollte er nicht. Sie würden in Kürze auf dem Alex auftreten! Eine Gitarre hatte Erasmus zu Hause. Ob ich mir die holen könnte, grübelte er. Sie ist in meinem Schrank. Wenn ich sie aus dem Schrank nehme und zuschließe, merkt vielleicht keiner, dass sie fehlt. Ich kenne die Tastenkombination von unserer Haustür und kann jederzeit in die Wohnung. Aber wenn jemand zu Hause ist? Erasmus wusste für einen Augenblick nicht weiter. Schwester Hildegard hatte mich letzte Woche nicht erkannt, grübelte er. Meine Eltern werden mich gewiss erkennen, das müssen sie. Ich bin doch ihr Kind! Ebenso unsere Haushilfe, die seit zehn Jahren bei uns arbeitet und mich wie ihren Enkel betrachtet. Was passiert, wenn eine Gegenwart auf die andere Gegenwart trifft? Zerfällt dabei alles zu Staub wie die Vampire beim ersten Morgenstrahl?

Nach vier Tagen waren die drei Räume perfekt renoviert und Erasmus hatte zum ersten Mal in seinem Leben Geld verdient. Das machte ihn glücklich. So glücklich, dass ihm zum Heulen zumute war, denn er fühlte sich in der realen Welt angekommen, wo man arbeiten muss, um Geld zu haben. Die dreihundert Euro würde er aufheben und bei passender Gelegenheit mit Linus ausgeben.

Inzwischen hatte auch Erasmus eine Gitarre und beide Jungs übten mit Enthusiasmus. Als Linus ihn wegen der Gitarre fragte, hieß es einfach: „Die habe ich mir besorgt." Linus dachte sich seinen Teil.

Erasmus hatte zunächst gezögert, nach Hause zu gehen, denn er lag ja gleichzeitig todkrank im Krankenhaus. Das alles kam ihm wieder unheimlich vor. Er fürchtete, etwas falsch zu machen und damit alles zu zerstören. In diesem Augenblick erinnerte er sich, was er in Physik über die Quanten gelernt hatte: Quanten sind kleine Teilchen, die sich an unterschiedlichen Orten und in unterschiedlichen Zuständen gleichzeitig befinden können. Was hatte ihnen ihr Lehrer damals anschließend gesagt, als er allein zuhörte, während seine Mitschüler wie üblich im Physikunterricht unerlaubt herumliefen und Krach machten?

„Es existiert auf dieser Welt vieles, was wir nicht verstehen können, dennoch ist es vorhanden. Es gibt Realitäten um uns, die wir uns nicht erklären können. Dennoch gibt es sie. Daran ist nichts Magisches oder Geheimnisvolles, sondern es ist reine Physik." Das gab ihm Mut, obwohl er immer noch nicht verstand, wieso er zweimal da war.

Nachdem er sich entschlossen hatte, die Sache anzupacken, war alles ganz einfach gewesen. Wie er gehofft hatte, war am frühen Nachmittag niemand in der Wohnung und er freute sich, seiner Gitarre Berlin zeigen zu können. Er holte sie aus dem Futteral, stimmte sie, schlug vorsichtig ein paar Akkorde an und schon zupften seine Finger die Melodie von ‚Jeux Interdits‘, Verbotene Spiele. Meine Mutter ist um diese Zeit bestimmt bei IHM im Krankenhaus, während ich gleichzeitig hier in seinem, meinem Zimmer auf der Gitarre spiele, überlegte er. Ob sie etwas fühlt?

Kapitel 7

29.07.2017

Sie hatten sich auf ‚Despacito' eingeschossen, das Erasmus für zwei Gitarren und Gesang bearbeitet hatte, nur der spanische Text machte Linus Schwierigkeiten. Justin Biebers Stimme bekam er dagegen ganz gut hin. Schließlich übernahmen sie den englischen Text. Erasmus übersetzte einen Teil auch auf Deutsch. Weil Linus unbedingt etwas Sozialkritisches haben wollte, machte sich Erasmus noch an den Song ‚Fenster' von Kraftclub und bearbeitete ihn für zwei Gitarren. Das Repertoire mit zwei Liedern war zwar etwas armselig für einen Auftritt, aber länger wollte Linus nicht warten.

„Muste, du kannst ja gut auf der Gitarre improvisieren. Spiel noch was in den Pausen. Ich denk dabei an ‚The House oft he Rising Sun', das war doch in Oranienburg gut angekommen. Damit sollte es schon passen. Am Sonntag steigt unsere Show", rief Linus stolz aus. „Hoffentlich verjagen uns die vom Ordnungsamt nicht gleich wieder. Zwei Stunden sollten wir schaffen, ehe die auftauchen." Linus' Gesicht glühte, doch sein Freund war noch immer nicht zufrieden.

„Nein, Nuss, du greifst noch nicht sauber genug und dein Singen ist nicht optimal. Wir üben besser noch etwas. Wir können nach dem Fußballspiel Hertha gegen Liverpool bei unserer Barbecue-Party am neunundzwanzigsten vorspielen und hören, was die anderen dazu sagen. So als Generalprobe. Wenn sie es gut finden, ziehen wir es durch. Das verspreche ich dir."

„Ich finds eigentlich schon super, wie es ist, aber wenn du meinst." Erasmus bemerkte Linus Enttäuschung. Er wechselte zu einem Thema, was Linus auf andere Gedanken bringen sollte.

„Hast du inzwischen gewettet, wie das Spiel ausgeht, Nuss. Und wie viel ist im Pot drin? Letztes Mal hast du gesagt, es kommen bestimmt einhundert Euro oder noch mehr zusammen."

„Also, die Wetten geben wir erst einen Tag vorher ab, zahln das Geld ein, danach ,rien ne va plus'. Ja, einhundert Mäuse sind garantiert drin."

„Auf was wettest du nun, Nuss?"

„Denke fünfzig Euro auf 1:1." Das hatte Linus auch vor zwei Wochen gesagt, als sie zum ersten Mal darüber sprachen.

„Das würde ich nicht machen, Nuss. Denk doch mal, Liverpool ist viel stärker als die Hertha und der Klopp will bestimmt auftrumpfen. Ich glaube, Liverpool gewinnt zu null." Erasmus zupfte sich am Ohrläppchen.

„Aber wie viel zu null", forschte Linus lauernd nach.

„3:0 würde ich sagen."

„Wie kommst denne darauf?"

„Ja, ich denke halt, die Engländer sind spielstärker und verteidigen besser."

„3:0", wiederholte Linus gedehnt. Mit diesem Ergebnis würde er sicher alleine stehen und den Pot mit keinem teilen müssen. Natürlich nur, wenn Erasmus mit seiner Vorhersage recht hatte.

„Wieso wettest du nicht?"

„Ich habe einfach keine Lust dazu.“ Erasmus fand es unfair, mit den anderen zu wetten, weil er das Resultat bereits kannte. Aber das konnte oder wollte er natürlich nicht sagen. Wieso sein Freund keine Lust zum Wetten hatte, verstand Linus nicht. Mit dem Kerl ist irgendetwas los, durchfuhr es ihn. Was es ist, das habe ich bisher noch nicht rausbekommen. Und was mache ich nun? 3:0, wie Muste gesagt hat, oder mein 1:1? Noch muss ich mich ja nicht entscheiden.

Am 29. Juni war das Wetter für Fußball ideal. Gegen 18 Uhr, als das Spiel begann, stand das Thermometer noch auf 21 Grad. Die Gruppe um Daniel saß in der Gegentribüne und war mit Bier, Currywurst, Pommes und Brezeln gut eingedeckt. Erasmus hatte sich sofort neben Mia gesetzt. Nach ihrem Treffen in Oranienburg waren sie einige Male zusammen gewesen. Einmal inmitten vieler Jugendlicher mit Dosenbier in der Hand in Kreuzberg auf der berüchtigten Party-Brücke, der Admiralsbrücke. Als es dunkler wurde, hatte sich Mia fest an Erasmus geschmiegt und sie hatten sich geküsst. Das Abenteuer Liebe hatte Fahrt aufgenommen. „Du küsst sehr vorsichtig, Erasmus, das mag ich.“ Weil ich es nie richtig gemacht habe, dachte er bei sich. Aber schön ist es.

Einmal waren sie in dem angesagten Neni Restaurant in Mitte mit Blick auf den Zoo, anschließend in der Monkey-Bar. Dort ging das Küssen schon besser. Gerne wäre Mia mit Erasmus in einen Club gegangen, doch mit einem Äußerem, das mehr einem Fünfzehnjährigen ähnelte, war das unmöglich. Achtzehn war er noch nicht, das hatte er selbst gesagt.

Wenn Erasmus mit Mia zusammen war, war er immer so glücklich. Er hätte sich vorher nicht vorstellen können, dass man so glücklich sein konnte. Und heute würden sie bis zum Morgen zusammenbleiben.

Das Spiel begann pünktlich um 18 Uhr. Nach knapp zwanzig Minuten köpfte Solanke für Liverpool zum 1:0 ein. Linus, der von Erasmus drei Plätze entfernt saß, reckte den Kopf vor. Er streckte den Daumen seiner rechten Hand nach oben, schaute Erasmus mitten ins Gesicht und schrie aufgeregt: „1:0!"

Hertha war keineswegs unterlegen, spielte einige Chancen heraus, doch kurz vor Ende der ersten Halbzeit erhöhte Liverpool auf 2:0. Linus sprang auf und wedelte Daumen und Zeigefinger in Richtung Erasmus. Die deutschen Fans waren nicht glücklich, aber die Stimmung kippte nicht. Es war ein Freundschaftsspiel und erst einmal Halbzeit. Linus kam stolpernd auf Erasmus zu.

„Mann, Leute, 2:0!" Linus Kopf ähnelte einer überreifen Tomate. „Da wär ich ja mit meinem 1:1 schon voll abgeschmiert. Auf was hast du getippt, Mia?"

„Erasmus hat mir 3:0 für Liverpool vorgeschlagen, aber ich habe 2:1 für Liverpool gewettet, es kann ja immer noch so kommen. Ich bin halt ein Hertha Fan und ein Tor gönne ich den auf jeden Fall."

Linus starrte Erasmus lange an. 3:0! Und genau das hatte er auch Mia vorgeschlagen. Woher hat der Kerl bloß diese Zuversicht. Mia ist seine Freundin, bestimmt haben sie schon miteinander geschlafen. Die lieben sich ja schon, dann sagt man nicht irgendetwas einfach so dahin, überlegte er.

„Los, Muste und Mia, stoßen wir an. Ich hol Nachschub." Beim Weggehen klopfte er seinem Freund einige Male leicht auf die Schulter. „Ich habe auf dich gehört, aber noch haben wir dein Ergebnis nicht eingefahren."

Nach der Halbzeitpause nahm das Spiel mit Anstoß Hertha wieder Fahrt auf, jedoch versenkte Salah den Ball nach zweiundzwanzig Minuten ins Tor, 3:0 für Liverpool! Ein guter Schuss. Die Gruppe um Daniel sprang von den Sitzen und jubelte mit den angereisten Liverpool-Fans. Linus hatte es auch nicht auf seinem Platz gehalten. Er suchte im Getümmel nach Erasmus' Gesicht, und als er es endlich gefunden hatte, reckte er ihm triumphierend Daumen, Zeigefinger und Mittelfinger entgegen. Seine Stimme überschlug sich, als er in Richtung seines Freundes kreischte: „Mann, Muste, das ist doch der absolute Wahnsinn. 3:0." Seine Wangen waren feucht von Schweiß und die blonden Haare noch zerzauster als sonst. Erasmus blickte kurz auf, nickte Linus mit einem Grinsen zu und unterhielt sich weiter mit Mia, Kopf an Kopf, als ob die beiden die Aufregung um sie herum nichts anginge. Seine Hand lag in ihrer.

Noch waren gut zwanzig Minuten zu spielen. Hertha war wieder am Ball und hatte eine Chance. Linus fieberte, verschluckte sich beinahe. Doch sie wurde von Mignolet zunichtegemacht. Linus atmete erleichtert aus. Es war noch einmal gut gegangen. Die Liverpool Fans begannen *You'll never walk alone* zu singen, vielleicht waren noch fünf Minuten zu spielen. Die deutschen Fans waren in Aufregung, ob der Hertha noch im letzten Augenblick der Ehrentreffer gelingen würde? Der Spielverlauf sah freilich nicht danach aus. Linus lehnte sich vor, er fühlte sein Herz bis in die Luftröhre schlagen. Er konnte es kaum mehr aushalten. Er zählte die Sekunden rückwärts!

Wenn nichts mehr passiert, habe ich die fünfundneunzig Euro und fünfzig Cent, die im Pott liegen, gewonnen. Eigentlich habe ich das Muste zu verdanken, gestand er sich ein. Gut, dass ich auf ihn gehört habe.

Als Liverpool 3:0 gewann, lärmte sein Bauch vor Aufregung, wie er es bisher noch nie erlebt hatte. Woher hatte sein Freund die Gewissheit gehabt, die ihm wie ins Gesicht geschrieben stand, als er von dem 3:0 sprach. Ob ich mit ihm teilen sollte? Wenn er auch gewettet hätte, wäre es halbe-halbe geworden. Aber er hat es nicht, warum nur? Was werde ich als Nächstes mit Erasmus erleben? Es ist bestimmt nicht schlecht, mal auf ihn zu hören, grinste er in sich hinein.

Kapitel 8

05.08.2017

Inzwischen war es August geworden und alle Welt machte Reisepläne. Seit dem Fußballspiel Hertha gegen Liverpool betrachtete Linus seinen Freund oft von der Seite.

Wer ist der Kerl eigentlich, der sich Erasmus nennt? Das kann niemals sein richtiger Name sein! Dass er das Ergebnis beim Fußball richtig vorausgesagt hatte, konnte Zufall sein oder eben auch nicht, überlegte sich Linus immer und immer wieder. Genau wie bei den Metalldieben. Dass der aus einem Gefängnis ausgebrochen war, verwarf er inzwischen. Es wäre bestimmt im Fernsehen gekommen. Die Krankenhausstory hatte er von Anfang an nicht recht geglaubt, obschon sein Freund immer noch darauf bestand. Warum suchte ihn keiner, die Polizei, Eltern oder Verwandte? Woher war er plötzlich hier aufgetaucht, dann noch in solchen komischen Klamotten? Als wenn er vom Himmel gefallen wäre. Ein Außerirdischer, ging es ihm durch den Kopf. Doch das war zu fantastisch! Erasmus besaß keinen Personalausweis oder irgendetwas. Das fand Linus sehr merkwürdig. Einen Führerschein hatte er in seinem Alter natürlich auch nicht. Wer existiert in dieser Welt überhaupt ohne Ausweispapiere, fragte sich Linus verstört.

Wenn er Geld braucht, holt er es sich immer vom Automaten und er hat sich inzwischen schon ganz hippe Klamotten besorgt. Woher das Geld nur kommt? Und wo hat er über Nacht die tolle Gitarre her? Linus fragte lieber nicht nach beidem, obwohl es ihm manchmal auf der Zunge brannte. Aber von Musik versteht der Kerl etwas, das muss ich ihm lassen, schloss Linus seine Überlegungen ab.

„Was ist nun Muste, mit unserm Konzert aufm Alex? Wir könn inzwischen schon ne Menge Stücke, also worauf warten wir noch? Die Generalprobe war doch super."

„Okay, erstes Augustwochenende lassen wir's steigen. Ich habe schon Mia Bescheid gesagt, sie soll auch den anderen davon erzählen und uns ein bisschen unterstützen. Ich freue mich wie wild darauf."

„Was meinst, wie viel Kohle dabei rumkommt? Paar Euro kann man ja immer gebrauchen, du etwa nicht?"

Erasmus hob und senkte die Schultern. „Das ist doch ganz egal, was wir bekommen, oder? Wir machen es alleine aus Spaß für uns. Oder denkst du etwa, wir sind schon Profis, die für Geld spielen können?"

„Nee, das nicht, schätz einfach mal, Muste." Beinahe hätte er hinzugefügt: Wer richtigliegt, bekommt alles, wie beim Fußball. Er konnte es noch im letzten Moment herunterschlucken. Dafür war ihm sein allwissender Freund zu unheimlich.

„Na ja, wenn wir über vier Stunden durchhalten, bestimmt um die fünfzehn Euro. Oder was meinst du?"

Linus kratze sich am Kopf. Fünfzehn Euro waren eigentlich viel, wenn die meisten nichts und die anderen immer nur ein paar Cent geben, überlegte er. Jedenfalls hatte er es bisher so gehalten. Das Höchste waren einmal zwanzig Cent gewesen. Bei vierzig Leuten, die was geben, die Zahl kam ihm schon hoch vor, wären das um die sechs Euro. Mehr sollte an einem Nachmittag nicht drin sein. Dass doppelt so viel Leute was in die Büchse werfen würden, konnte er sich nicht vorstellen. Wie kam Erasmus nur auf fünfzehn Euro? Das war unmöglich.

„Ich denk, wir werden grad mal die Hälfte schaffen, mal sehen, wer recht hat", erwiderte Linus.

Was ist, wenn Erasmus wieder richtigliegt? Würde das etwas verändern? Linus war sich nicht im Klaren.

„Abgemacht Nuss, halt nur zum Spaß. Und alles, was wir einnehmen, hauen wir gemeinsam auf den Kopf." Beide klatschten sich ab. „Wir sollten etwas anziehen, das auf uns aufmerksam macht, damit die Passanten eher stehen bleiben. Etwas, was gut zu den Songs passt."

Das hatte Erasmus aus dem Fernsehen gelernt, als ein Straßenmusikant interviewt wurde. Dabei hatte er erfahren, was man etwa an einem Tag verdienen kann, besonders wenn die Sonne scheint und die Leute viel Zeit haben. Also am Wochenende. Wenn erst einer stand und zuhörte, kämen immer mehr hinzu. Deswegen hatte Erasmus Mia gebeten zu kommen. Gut muss man allerdings sein, hatte der Straßenmusikant das Interview abgeschlossen.

„Nach unserem Debut können wir mit Mia oder wer noch da ist am Hackeschen Markt feiern, dort ein ordentliches Steak essen und uns einen lustigen Abend machen", schlug Erasmus vor. Er dachte an die dreihundert Euro von der Malereiarbeit. „Das sollte gefeiert werden!" Allmählich hatte er am Feiern mit seinen Freunden Feuer gefangen, auch wenn er sich beim Alkohol immer noch zurückhielt und Linus' dauerndes Rauchen schon gar nicht mochte. Inzwischen liebte er den Spaß, den sie bei ihren Treffen hatten.

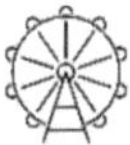

„Mann, vor dem Park Inn is ja noch Platz", rief Linus begeistert aus und seine Stimme überschlug sich, als sie am Samstag am Alexanderplatz eintrafen. „Los, holen wir die Gitarren raus und fangen an, ehe uns noch jemand dazwischenkommt." Erasmus erspähte Mia, die wie zufällig auf die beiden zukam.

„Na, nun bin ich ehrlich gespannt", platzte sie heraus, während sie ihre Gitarren stimmten.

Zu Beginn hatten beide Hemmungen, besonders beim Singen. Ab dem zweiten Song ging es schon besser. Allmählich standen nicht nur junge Leute wie eine Traube um sie, sondern ebenso Mütter mit ihren kleinen Kindern sowie zwei Punks mit grünem Irokesenschnitt. Der Hit war ‚Despacito', besonders wegen ihrer Strohhüte, die sie sich tief ins Gesicht gezogen hatten. Nach einer Stunde, als sie wieder mit dem Singen begonnen hatten, sah Erasmus zwei Mitschüler, Tobias und Baschar, der aus Syrien kam. Erasmus erstarrte, ob sie ihn erkannten? Und wenn schon. Er würde sagen, dass es ihm besser geht und er nicht mehr im Krankenhaus bleiben muss. Er grübelte wieder, wie das alles sein konnte und driftete ab. Tatsächlich lag er in diesem Augenblick im Krankenhaus, wurde wahrscheinlich zum letzten Mal mit Strahlen bombardiert und ihm ging es sauschlecht. Aber er war ebenso hier und sang mit einem Jungen, den er erst vor Kurzem getroffen hatte, und fühlte sich wunderbar. Oder war alles nur Illusion, wie manche Gelehrten die Welt erklärten. Vielleicht gibt es überhaupt nichts Reales auf dieser Welt. Alles ist nur Vorstellung und Traum, und ich stelle mir in diesem Moment nur vor, auf dem Alex mit einem Freund Gitarre zu spielen. Auch meine Krankheit ist einfach eine Illusion, nichts weiter. Bestimmt existiere auch ich real überhaupt nicht und die Welt um mich ebenso nicht. Was für einen Grund sollte das Universum überhaupt haben, zu existieren? Warum sollte sich unser Planet immer wieder bemühen, Millionen Menschen hervorzubringen, die sowieso nach kurzer Zeit sterben? Was soll das alles? Ich kann keinen Sinn darin erkennen. Ja, so ist es: Alles ist nur Illusion, nichts ist real.

„Mann, Muste, pass doch auf!" Erasmus bekam einen Stoß in die Seite, er hatte sich im Text versungen und stolperte wieder in sein jetziges Leben. Die beiden aus seiner Klasse waren verschwunden. Erasmus war erleichtert. Ob sie ihn erkannt hatten?

Als sie am späten Nachmittag aufhörten und den Inhalt der Büchse zählten, hatten sie achtzehn Euro und fünfundzwanzig Cent in der Büchse. Linus zählte zweimal, es blieb bei der Summe.

Erasmus hatte wieder einmal recht gehabt mit seinen um die fünfzehn Euro. Es war weit mehr als die sechs oder sieben Euro, an die er selbst gedacht hatte. Sein Freund hatte recht, aber nicht mit der Summe. Also alles doch nur ein Zufall?

„Sind viel mehr als fünfzehn", stellte Linus mit einem lauernden Lächeln fest, „als du vorausgesagt hast."

„Ja, das hätte ich ehrlich nicht gedacht. Es ist halt super gut gelaufen und du, Haselnuss, warst wirklich klasse."

„Nicht gedacht oder nicht gewusst?"

„Na gedacht, so etwas kann man ja wohl nicht wissen." Erasmus war selbst erstaunt, dass er mit seiner Schätzung richtig lag.

Linus war mit der Antwort nicht zufrieden. Ehe er noch etwas antworten konnte, umarmte Mia die beiden Musikanten und gab jedem einen Kuss. „Ihr wart super!" Jens, der mit seiner Freundin gekommen war, klopfte Erasmus auf die Schulter. „Mann, das habt ihr sauber hingekriegt." Wie immer schleuderte er sich die Haare aus den Augen. Erasmus konnte dessen vor Bewunderung leuchtende Augen sehen. Für ihn ein Augenblick unendlichen Glücks.

Die fünf zogen mit ihren ins Futteral gesteckten Gitarren los in Richtung Hackescher Markt. Auch Jens' Freundin ließ es sich nicht nehmen, die beiden Musikanten fest zu umarmen, ehe sie und Jens sich verabschiedeten. „Wir beide verziehen uns, habt ihr drei noch einen tollen Abend!"

Als Erasmus, Linus und Mia im Maredo Steak House saßen und sich die gute Laune wie eine Wolke um sie legte, verspürte Erasmus wie schon in den letzten Tagen keinen Appetit. Unklare Schmerzen attackierten seinen Körper. Aber die waren sofort vergessen, als Mia mit ihrem Plan loslegte.

„Ich hätte mal Lust, nach Spanien zu fahren. Wer noch?" Während sie weitersprach, strahlte sie die Jungs an wie die Sonne im Süden. „Also, ich habe mega billige Tickets für Berlin – Barcelona, hin und zurück für achtundfünfzig Euro, im Net gefunden. Das wäre doch was? Der Termin ist jedoch fix." Die beiden Jungs schauten sich verdutzt an, nach einer Schrecksekunde stimmten sie ihr mit spontanem Klatschen zu.

„Ich fahre mit", rief Erasmus begeistert. „Letztes Jahr wäre ich fast in Barcelona gelandet." Dass seine Mutter ihn zu einem Konzert dorthin mitnehmen wollte, ließ er lieber unerwähnt. Es würde alles verkomplizieren. Damals kam jedoch wieder seine Krankheit dazwischen. Jetzt hatte er seine zweite Chance.

Linus schaute die beiden an. „Na, wenn ihr beide mich mitnehmt, komme ich gerne mit." Auf seinem Gesicht machte sich ein verschmitztes Lächeln breit.

„Na klar kommst du mit", entschied Mia. „Und vielleicht noch andere aus unserer Gruppe, wenn sie Lust haben. Es sind noch einige Plätze frei." Es wurde laut, die drei prosteten sich zu. Die anderen Gäste im Lokal nahmen nur kurz Notiz von ihrer überquellenden Fröhlichkeit.

„Wir fahren am 14. August los", fuhr Mia fort, „und kommen am 18. wieder hier in Berlin an. Allerdings müssen wir uns selbst eine Unterkunft in Barcelona suchen. Ich denke mal am besten ist eine billige Pension. Oder wollt ihr etwa in einem Viersternehotel nächtigen?", lachte Mia die beiden Jungs an.

„Nee, wir machen die Nächte durch, schlafn halt irgendwo im Park auf ner Bank, ist ja voll Sommer dort", schlug Linus mit glänzenden Augen vor. „Das ist am billigsten und hammergeil!"

Erasmus zögerte für einen Augenblick, warum wusste er nicht genau. Etwas Schreckliches war um diese Zeit geschehen, nur was?

„Wäre absolut hammergeil, wenn wir in Barcelona mit ‚Despacito' auftreten, nicht wahr Muste. Wir würden bestimmt einiges absahnen." Linus war von dem Erfolg am Nachmittag noch benebelt.

„Natürlich mit euren Strohhüten auf dem Kopf", ergänzte Mia.

Kapitel 9

17.08.2017

Am 14. August trafen sich die drei im Flughafen Tegel. Die anderen aus ihrer Gruppe hatten keine Zeit oder schon etwas anderes vor.

Zum ersten Mal in seinem Leben war Erasmus nur mit Freunden unterwegs. Fern von allen Lehrern, Ärzten und ohne seine Eltern. Wie hatte er sich das immer gewünscht, wie genoss er es in diesem Augenblick! Er war aufgeregt wie ein Zwölfjähriger, der bei einer Klassenfahrt unbedingt irgendetwas Verrücktes anstellen musste. Allerdings wusste er nicht recht, was. Mit zwölf hatte er seine erste Therapie bekommen, zu Verrücktheiten hatte er damals weder Zeit noch Lust gehabt.

Erasmus kaufte eine Dose Bier, obwohl er wusste, dass es ihm immer noch nicht besonders schmeckte, und zog erst einmal los, um den Wartebereich zu erkunden. Als er drei Mannequin Puppen sah, die Shorts und T-Shirts vorführten, erinnerte er sich, was er vor nicht allzu langer Zeit im Netz gesehen hatte. In weniger als einer Sekunde waren ihnen die Hosen heruntergezogen. Noch während er sein „Werk" mit kindlichem Stolz betrachtete, hatte er sein Erfolgserlebnis. Ein kleiner Junge zeigte auf die Puppen und rief laut: „Mama, schau, die Leute sind da unten nackig." Das brachte Aufregung unter den Wartenden.

Erasmus konnte sich ein breites Grinsen nicht verkneifen. Als er von seinem Ausflug in Hochstimmung zu Mia und Linus zurückkehrte, alberte er so lange herum, bis er beinahe eine Zierpflanze umgeworfen hätte. Sich hier vor dem Aufruf lässig in die Sitzschale lümmeln, die Beine weit ausstrecken und Bier trinken, das wäre ... megageil, wie Linus sicher sagen würde. Also tat er es. Er schlang mit der Bierdose in der Hand seinen Arm um Linus, neben den er sich gesetzt hatte.

„Hallo Leute, macht es euch gemütlich. Wir haben noch jede Menge Zeit, bis es los geht."

Mia schaute ihn mit großen Augen an. „Geht's dir gut?"

„Super! So gut wie noch nie!" Dabei verschränkte Erasmus die Arme vor der Brust und ließ sich noch tiefer in die Sitzschale gleiten. Seine langen Beine versperrten den Durchgang, dass einige Passanten darübersteigen mussten. Mit sich und der Welt absolut zufrieden, blieb er glücklich sitzen, nippte an seinem Bier, bis der Flug aufgerufen wurde. „Also Leute, es geht los!" Erasmus fühlte sich vor Freude zerplatzen.

In Spanien war noch keiner von ihnen gewesen, natürlich auch nicht in Barcelona. Den Rest des ersten Tages genossen sie bei super Wetter bis zum frühen Morgen des nächsten Tages. Sie hatten ihre Rucksäcke im Bahnhof abgegeben und durchstreiften lediglich im T-Shirt und Jeans eine von Mia vorbereitete Route. Sie besuchten das Wahrzeichen Barcelonas, die Kirche Sagrada Familia, an der schon über einhundert Jahre gebaut wurde. Darauf folgte die mit orientalischen Türmchen versehene Stierkampfarena, in der aber keine Stierkämpfe mehr stattfanden, wie Linus mit Bedauern feststellte. Schließlich waren sie noch auf den Berg Montjuic gestiegen, von wo sie einen wunderschönen Blick auf Barcelona hatten.

Gegen ein Uhr morgens passierte es. Erasmus war einige Schritte hinter den beiden zurückgeblieben, als er angesprungen wurde und ein Messer vor seinen Augen aufblitzen sah.

"Cellphone, quick! Money!" Funkelnde Augen unter einer Kapuze drohten ihm. Erasmus erstarrte. So etwas kannte er nur aus Filmen. Wo waren Linus und Mia, durchzuckte es ihn wie ein Stromschlag. Sein Bauch begann zu rumoren.

Frau Baumann erwacht aus ihrem Halbschlaf, richtet sich auf und blickt hinüber zu ihrem Sohn. Der Pfleger sitzt über Erasmus gebeugt am Bett und hält dessen Hand.

„Ruhen Sie sich ruhig noch etwas aus, Frau Baumann. Erasmus schläft. Sie erkennt ein kaum merkliches Heben und Senken der Brust ihres Sohnes. „Wenn Ihr Mann kommt, sage ich Ihnen Bescheid."

Genau wie zu Hause kann sie auch hier nur noch unruhig schlafen. Oft schreckt sie mitten in der Nacht hoch. Einmal hatte sie sogar geträumt, dass ihr Sohn bei einem Überfall in große Gefahr geriet und war schweißüberströmt aufgewacht. Wie war sie beruhigt, als sie endlich wieder zu sich kam und ihren Sohn sicher im Krankenhaus wusste.

„Im Augenblick ist mit Ihrem Sohn alles in Ordnung." Die ruhige Stimme des Pflegers Hein dringt zu ihr wie eine Narkose. Nach einem Blick auf ihren ruhig atmenden Sohn schließen sich ihre Augen wieder.

Ehe Erasmus noch reagieren konnte, war Linus bei ihm, stieß den Angreifer zur Seite und baute sich schützend vor seinem Freund auf. „Hau ab, aber avanti! Hijo de puta", schrie Linus den Fremden an. Das Gemisch aus Deutsch, Italienisch und Spanisch zeigte Wirkung, genau wie die sich unter dem T-Shirt anschwellenden Armmuskeln. Der Schatten verschwand so schnell wie er gekommen war um die nächste Ecke. Als der Schreck sich gelegt hatte, fragte Mia mit noch zitternder Stimme:

„Seit wann sprichst du Spanisch?"

„Hab ich von Muste gelernt, als wir ‚Despacito' eingeübt haben."

„Was heißt das?"

„Scheißkerl."

„So etwas weiß Erasmus?" Mia sah Erasmus erstaunt an. Dass er solche Worte in den Mund nahm, konnte sie gar nicht glauben. Nach der Aufregung wollte Mia wenigstens für den Rest der Nacht in ein Hotel ziehen. Die beiden Jungen stimmten zu. Eigentlich hatten sie die Nacht durchmachen wollen.

„Ob wir zu dieser Uhrzeit noch etwas finden werden", murmelte Erasmus.

„Dann schlafen wir eben im Bahnhof oder irgendwo auf einer Bank", ergänzte Linus. Als sie wider Erwarten doch noch eine billige Pension gefunden hatten, bestand Linus darauf, den Helden zu spielen. Er verzog sich großzügig in der Pension auf ein Sofa im Aufenthaltsraum und überließ Mia und ihrem Freund das Doppelbett im Zimmer. Das dort zusätzlich aufgestellte Klappbett blieb für diese Nacht leer.

Die Zeit in Barcelona verging, als wären es Sekunden. Den letzten Tag wollten die drei am Nachmittag wieder auf der Flaniermeile Rambla verbringen, um noch einmal zu versuchen, dort ein Konzert zu geben. Gestern waren sie kurz nach dem ersten ‚Despacito‘ von Ordnungskräften von der Fußgängerzone vertrieben worden. Aber zum Abschied ihrer Barcelonareise wollten sie es noch einmal probieren. Es würde wieder ein angenehm warmer Tag mit blauem Himmel werden. Morgen würden sie wieder in ihrem grauen Berlin sein.

„Hoffentlich haben wir heute mehr Glück und uns verjagt keiner," bemerkte Linus beim Frühstück im Essensraum ihrer Pension. „Es ist unser letzter Tag in Barcelona, da wolln wir doch noch einmal tüchtig draufhauen. Was meinst Muste, ob wir was verdienen?" Linus schlug Erasmus auf die Schulter.

„Du immer mit deinem verdienen."

„Na, Kohle kann man halt immer gebrauchen. Die Gitarren mitnehmen hat uns fast mehr gekostet als das Ticket. Da muss was reinkommen."

„Aber du wolltest sie doch unbedingt mitnehmen", mischte sich Mia ein.

„Ja, nach unsrem Erfolg auf dem Alex schon."

Im Fernsehen wurde hektisch über etwas gesprochen, was sie nicht verstanden. Viel konnten sie auch von den Bildern nicht erkennen, nur dass es anscheinend eine Explosion irgendwo in einem Einfamilienhaus gegeben hatte. Polizei- und Krankenwagen waren zu sehen. Die drei tranken ihren Morgenkaffee, als der Besitzer der Pension, Pablo, getoastetes Weißbrot sowie aufgeschnittene Tomaten an ihren Tisch brachte. „Das Weißbrot taucht ihr hier in diese Schale mit Olivenöl, das schmeckt wunderbar, maravilloso!", strahlte er die drei an. Er war lange Zeit in Deutschland gewesen, in Herne, wie er ihnen gestern erzählt hatte. Er mochte Alemania.

„Was issn da los?" Linus deutete auf den Fernseher.

„Furchtbar, terrible. Das war gestern Morgen. Ein Haus ist explodiert. Zwei Menschen sind dabei ums Leben gekommen und es gab viele Verletzte, realmente horrible."

„Wo war das?" Erasmus' Stimme war tonlos geworden.

„In Alcantar", antwortete Pablo. „Das ist etwa zweihundert Kilometer von hier entfernt. Dort hat jemand mit Gasflaschen hantiert und dabei ist alles hochgegangen. Horrible. Aber Alcantar ist Gracias a Dios, Gott sei Dank, weit weg von hier."

Alcantar, Gasflaschen, Explosion … Erasmus fühlte sich, als schütte jemand eiskaltes Wasser über ihn, allerdings tausend Mal heftiger wie damals, als er es bei der Ice Bucket Challenge mit Freunden erlebt hatte. Plötzlich wurde ihm bewusst, was morgen im Fernsehen auf allen Kanälen ausgestrahlt werden würde, dass nämlich eine Terrorzelle für die Explosion in dem Einfamilienhaus verantwortlich war. Aber das war es nicht, warum Erasmus sich erschreckt hatte. Nein! Bei dem Unfall war alles Sprengstoffmaterial zerstört worden, das für die Zerstörung der Kirche Sagrada Familia bestimmt gewesen war. Und die zahlreichen Touristen, die dort waren. Aber nun hatte sich die Terrorzelle kurzfristig entschieden, den Terroranschlag mit einem Kleintransporter in Barcelona auf der Rambla zu verüben und dort in eine Menschenmenge zu rasen. Das hatten sie für den folgenden Tag geplant. Also für heute, am Nachmittag! Für einen Augenblick wich alle Farbe aus seinem Gesicht.

Das weiß nur ich. Ganz sicher nur ich auf der ganzen Welt! Denn ich kenne die Zukunft, weil mich Hein in die Vergangenheit geschickt hat. Konnte er die Vergangenheit ändern, die gleichzeitig seine Zukunft war? Nein, die Vergangenheit zu verändern war unmöglich, was geschehen ist, ist geschehen. Hat mich Hein in die Vergangenheit geschickt, damit ich die beiden vor dem Anschlag bewahre? Erasmus' Gedanken wirbelten durcheinander, stießen gegen steile Felswände und prallten immer wieder auf ihn zurück. Wie auch immer, er musste die beiden heute Nachmittag von der Rambla fernhalten. Was könnte er ihnen als Alternative vorschlagen?

„Vielleicht machen wir zum Abschied etwas ganz anderes und gehen nachmittags mal ins Museum", erwähnte Erasmus wie nebenbei, obwohl er ein Zittern in der Stimme nicht unterdrücken konnte. Linus und Mia schauten ihn erstaunt an.

„Museum?", kam es wie aus einem Mund.

„Also, es gibt hier ein Picasso-Museum in einem alten Palast, das soll hervorragend sein. Ich würde gerne mal hingehen. Wie schaut's bei euch aus? Die Rambla können wir ja noch am Abend unsicher machen. Es soll im Museum Zeichnungen von Picassos frühen Periode geben, wo man noch alles erkennt", fügte er mit einem verrutschten Schmunzeln hinzu.

„Aber abends können wir auf dem Boulevard bestimmt nicht mehr spielen", unterbrach ihn Linus. „Das weißt du ganz genau. Wieso jetzt auf einmal ein Museum besuchen?"

„Ich möchte einfach noch etwas Neues erleben, ehe wir zurückfahren", versuchte es Erasmus noch einmal, aber er fühlte, dass er hier nicht weiterkam. „Die Rambla", fuhr er fort, „sind wir inzwischen schon drei Mal vom Platz de Catalunya bis zur Columbus-Säule am alten Hafen rauf und runtergetigert. Machen wir einfach einmal was total anderes am letzten Tag, mal etwas Kulturelles."

Als sein Blick bei Kulturelles auf Linus' Gesicht fiel, wusste er, dass er auf dem falschen Dampfer war. Ich muss die beiden unbedingt von der Rambla fernhalten, dröhnte es in seinem Kopf.

„Wir könnten uns auch die Kathedrale ansehen", fuhr er entschlossen fort. „Drinnen waren wir noch nicht. Ich habe darüber einen Bericht im Fernsehen gesehen, die soll einen mit ihren Glasfenstern regelrecht verzaubern." Linus' Gesicht blieb verschlossen. „Später können wir immer noch auf der Rambla in einer Tarberna unsre letzte Nacht genießen. Wäre das nicht was?" Mehr Optionen hatte Erasmus nicht. Sein Herz begann zu flattern.

„Wir wollten doch Gitarre spielen, Muste. Du weißt genau, wie ich mich darauf gefreut habe, in Spanien ‚Despacito' zu singen. Stattdessen zu blöden Kirchen latschen habe ich keine Lust. Auf der Rambla Musik machen ist viel geiler. Wozu haben wir denn sonst die Gitarren mitgenommen." Linus wurde laut. „Die Sagrada Familia hat mir gereicht, oder willst du, Mia, etwa in noch eine Kirche? Mann, das ist nur mega ätzend." Erasmus schickte Mia einen bittenden Blick: Hilf mir, damit wir zusammenbleiben.

„Für Picasso hätte ich schon Interesse", warf sie zögernd ein. „Oder wir besuchen das Stadion vom FC Barcelona", versuchte sie zu vermitteln. „Davon hast du, Nuss, doch immer so geschwärmt, weil es das größte Fußballstadion in Europa ist."

„Ohne ein Fußballspiel ist das auch langweilig", konterte Linus.

„Ich denke Erasmus hat recht, lasst uns drei am letzten Tag noch was Neues erleben und abends schließen wir unsern Urlaub mit spanischem Wein in irgendeinem Flamenco-Restaurant auf der Rambla ab. Den gebe ich euch aus." Mia schaute in die Runde. Sie hoffte, dass Linus auf den Wein anspringen wird. „Bestimmt könnt ihr davor noch irgendwo spielen." Als sie Linus Gesicht sah, wusste sie zunächst nicht weiter, dann erinnerte sie sich an ihre Reisevorbereitung. „Ich habe eine andere super Idee, was wir heute am Tag machen könnten", sagte sie und strahlte die beiden Jungs an. Dass Mia so zu ihm hielt, ging Erasmus wohlig unter die Haut.

Sie zog aus Ihrer Umhängetasche ein Katalogblatt heraus und faltete es auseinander. Es zeigte eine riesige Kirche auf einem Berg. „Das ist der Berg Tibo. Von dem Berg aus soll man eine tolle Aussicht auf Barcelona haben, bis weit ins Hinterland. Man kann sogar bis fast nach oben mit einer Straßenbahn fahren."

Linus schaute auf den Katalog. „Schon wieder sone scheiß Kirche. Zum kotzen", maulte er. „Ich hab keine Lust dazu. Ich komme nicht mit." Er machte trotzige Augen. Im Gesicht hatte er seinen Zug von Dickköpfigkeit.

„Na, das ist eine gute Idee," fuhr Erasmus schnell dazwischen. „Das machen wir. Ich finde den Vorschlag großartig. Es geht ja nicht um die Kirche, du Knallkopfnuss. Wir brauchen ja nicht hineingehen. Wir wollen die tolle Aussicht von da oben genießen und bestimmt können wir dort etwas in der Natur wandern. Das tut uns auf jeden Fall mal gut nach der staubigen Stadt." Auch wenn sie sofort abfahren würden, wären sie niemals vor dem Anschlag am späten Nachmittag zurück. Erasmus war erleichtert.

„Geht doch ihr beide, könnt euch ja gleich in der Kirche von som Priester verheiraten lassen, auf dass ihr ewig zusammen bleibt. Amen. Ich bleib hier und mach die Rambla unsicher. Basta!" Er fummelte sich ärgerlich eine Zigarette aus der Schachtel, zündete sie an, zog bis der Tabak hellrot aufleuchtete und schaute eine Weile auf die Glut, ehe er fortfuhr. „Ihr beide seid ja sowieso lieber alleine. Ich störe da nur."

„Mann, Haselnuss, wir drei sind Freunde, du störst doch nicht. Dass du dich immer gleich aufregen musst. Ich finde Mias Idee super. Lass uns mal was anderes machen, als immer wieder durch die Stadt zu laufen."

„Also, oben gibt's garantiert Bier oder Wein. Wir könnten unter der spanischen Sonne ein tolles Picknick machen, das wäre auf jeden Fall mal was anderes", versuchte Mia Linus umzustimmen. Der machte immer noch eine abweisende Miene und widmete sich voller Hingabe seiner Zigarette.

„Bitte Nuss", ergänzte Erasmus, „lass uns drei doch am letzten Tag zusammenbleiben. Nach unserem Ausflug in die Natur spielen wir auf der Rambla, das klappt schon, das verspreche ich dir." Dass er sein Versprechen nicht einhalten konnte, tat ihm leid, aber Linus durfte auf keinen Fall auf die Rambla gehen. Dort würde es bald Tote und Verwundete geben.

Mia nahm Linus die Zigarette aus dem Mund und steckte sie sich zwischen die Lippen. „Die kriegst erst wieder, wenn du ja sagst und mitkommst."

„Scheiße." Linus Mund war zu einem Strich verkniffen. Es dauerte eine Weile, bis er nickte. Mit einem ärgerlichen Seitenblick auf Erasmus riss er Mia die Zigarette aus dem Mund und rauchte sie missmutig weiter. „Ja schon gut. Dann komm ich eben halt mit." Es war dank Mia geschafft. Erasmus war erleichtert. Sie würden nicht in den Anschlag verwickelt werden. Sein Freund wird nicht unter den vierzehn Getöteten sein oder unter den vielen Verletzten. Erasmus atmete tief durch. Er hatte etwas in den geschenkten drei Monaten erreicht, was er sich nie vorgestellt hätte: Vielleicht hatte er ein Leben gerettet.

Oben auf dem Berg Tibo angekommen, hatte sie die Sonne bereits ins Schwitzen gebracht. Die Aussicht war atemberaubend, was schließlich auch Linus zugeben musste. Die drei setzten ihre Sonnenbrillen auf und versöhnten sich beim Picknick mit Rotwein und Supermarkt-Tapas aus einem Pappkarton. Die Jungs zogen sich danach bis auf die Unterhosen aus und streckten sich ins Gras.

„Ja, ihr Männer habt es gut", bemerkte Mia. Erasmus schloss die Augen, aber durch die Lidspalten konnte er immer noch Licht spüren.

„Jetzt fehlt nur noch Musik", bemerkte Linus. Erasmus dachte an ‚Despacito'. Langsam, ganz langsam, am besten die Welt bleibt ganz stehen und alles bleibt, wie es jetzt ist. Für eine Weile blieben alle drei still. Ein leichter heißer Wind umspielte sie.

Ich hätte im Krankenhaus, reflektierte Erasmus zwischen den duftenden Gräsern, nie im Traum daran gedacht, einmal mit Freunden ein Picknick zu machen und mich nackt auf einer Wiese in die Sonne zu strecken. Nun ist es Wirklichkeit geworden! Wie warm meine Haut ist. Hoffentlich bekomme ich keinen Sonnenbrand. Aber gehört das nicht auch einfach mal zum jung sein dazu, das ich bisher versäumt habe? Hein wird staunen, mich so braun gebrannt zu sehen und wenn ich ihm erzähle, was ich so alles erlebt habe.

„Du siehst sehr glücklich aus." Mia lächelte Erasmus an und ihre Augen strahlten.

„Und wie ich das bin!" Erasmus konnte es sich nicht verbeißen, sich aufzurichten und Mia auf die Wange zu küssen, was mit einem „Uiii" von Linus quittiert wurde. „Soll ich nicht lieber verschwinden?"

„Ach halt die Klappe", sagte Mia mit einem Schmunzeln. Allmählich drängte Linus zur Rückkehr. „Wenn wir noch versuchen wollen, auf der Rambla zu spielen, wie es Muste versprochen hat, sollten wir jetzt lieber gehen", bemerkte er. Die drei liefen in bester Stimmung, Linus hatte beim Abstieg noch eine Dose vom lokalen Moritz-Bier verputzt, in die Stadt herunter. „Jetzt holen wir noch schnell unsere Gitarren aus der Pension für einen Abstecher auf die Rambla." Kaum hatte Linus die Worte ausgesprochen, bemerkten sie, wie die Straßen vor ihnen mit Polizeiwagen zugestellt waren, die mit drohend rotierendem Blau- und Gelblicht die Gegend illuminierten. Etwas war passiert. In der Pension, die sie nur mit Mühe erreichen konnten, erfuhren sie von einem amerikanischen Touristen, dass es auf der Rambla einen Terroranschlag gegeben hatte.

„Ein Auto ist ungebremst auf den für Fußgänger vorgesehenen Mittelstreifen gerast. Es gab anscheinend viele Tote und Verletzte."

Für einen Augenblick waren Mia und Linus wie versteinert. Mia fand als Erste die Sprache wieder. „Was für ein Glück, dass wir den Ausflug auf den Tibo gemacht haben." Mia versuchte zu lachen, aber es gelang ihr nicht. Der Schreck war ihr in alle Glieder gefahren. „Sonst wäre vielleicht auch uns etwas Schreckliches passiert." Linus standen Schweißtropfen auf der Stirn. Er starrte Erasmus ins Gesicht.

„Wolltest du deswegen nicht zur Rambla, weil du gewusst hast, dass etwas passiert? Genau wie bei den

Kabeldieben und dem Fußballspiel gegen Liverpool?" Es war mehr ein Fauchen als sprechen.

Mia blickte erschrocken zu Erasmus und zischte Linus an: „Was redest du nur für ein Unsinn, Nuss. Das war Terror! Der kommt immer aus dem Nichts. So etwas weiß niemand vorher, noch nicht einmal die Geheimdienste."

„Der schon!" Linus' Worte waren kaum zu hören, sie waren allein für seinen ihm immer unheimlicher werdenden Freund bestimmt. Ihm kam die Sache mit Erasmus' Armbanduhr hoch, die 27-09-2017 5:00 anzeigte und auf die Erasmus ab und zu schaute. Immer das gleiche Datum, immer die gleiche Uhrzeit. Und dazu noch ein Datum, das in der Zukunft lag! Als er ihn einmal deswegen fragte, hieß es einfach: „Ach die Uhr spinnt", und sein Freund hatte sie schnell in der Tasche verschwinden lassen. Was ihn daraufhin immer wieder beschäftigte, war, wer hier wohl spann.

Kapitel 10

Die Tage eilten dahin, für Erasmus viel zu schnell. Es gab für ihn noch so viel zu erleben. Gegen Ende August war er mehr mit Mia zusammen als mit Linus, denn Mia hatte eine eigene Einzimmerwohnung bezogen. Wenn er mit ihr zusammen war, kam ihm alles viel farbiger vor, größer und er konnte alles genauer erkennen, alles war schöner. Zaubert das vielleicht die Liebe, überlegte er in einem fort. Bin ich verliebt? Wenn ja, dann bin ich der glücklichste Mensch der Welt. Noch vor Kurzem konnte ich nur davon träumen, wenn mich die Schmerzen überhaupt träumen ließen.

„Woher kommst du eigentlich?", erkundigte sich Mia eines Tages in ihrer unbekümmerten Art. Was er ihr antworten sollte, hatte er sich immer noch nicht überlegt, obwohl er schon lange gefürchtet hatte, dass es über kurz oder lang zum Showdown kommen würde. In diesem Augenblick war es passiert. Anlügen wollte er Mia auf keinen Fall. Er wollte ihr nicht erzählen, dass er sich mit seinen Eltern zerstritten hätte und ausgezogen wäre oder Ähnliches. Erasmus fühlte Schweißtropfen auf seinem Rücken. Ob er noch einmal davonkommen könnte?

„Ist das wirklich so wichtig, Mia? Ich meine unter guten Freunden."

„Eigentlich nicht. Nur, Linus meint, sicherlich nicht aus Berlin."

Erasmus rieb mit Daumen und Zeigefinger sein Kinn. „Ja, wenn es nicht wichtig ist, lassen wir es einfach. Das wäre mir am liebsten." Kaum hatte er die Worte ausgesprochen, fürchtete er, eine Dummheit gesagt zu haben und biss sich auf die Unterlippe. Doch ein Lächeln, das sich auf Mias Gesicht ausbreitete, wischte seine Furcht beiseite wie Scheibenwischer die Tropfen einer verregneten Frontscheibe.

„Wenn du willst, kannst du gerne weiter hier bei mir wohnen, du weißt, dass ich dich mag und ich gerne mit dir zusammen bin. Nur, wir müssen uns vertrauen. Das ist mir wichtig."

„Also Mia, manchmal geschehen unglaubliche Dinge. Du brauchst nur ein bisschen Mut, um mir zu vertrauen."

Mia schaute ihn verwundert an. „Ja, das möchte ich gerne. Aber es gibt Ungereimtheiten. Linus hat mir erzählt, dass deine Gitarre etwas Besonderes ist. Er meint, es ist eine CF MartinD-18 Gitarre, ein Model, auf der auch Johnny Cash gespielt hat. Und die hast du über Nacht einfach hervorgezaubert."

„Ich habe nichts gezaubert. Es ist meine Gitarre. Mein Vater hat sie mir zum Geburtstag geschenkt. Ich habe sie mir geholt."

„Von wo?"

„Von zu Hause."

„Wo ist das?"

Erasmus zögerte. „Ändert es etwas zwischen uns, wenn ich es dir nicht sage?"

„Nein, ich glaube nicht, Erasmus. Ich würde mich aber ehrlich freuen, wenn du es mir sagst." Erasmus schwieg.

„Bitte Erasmus, sag's ganz einfach, damit ich es verstehe."

„Also gut, ich werde es dir alles von Anfang an erklären. Du musst mir einfach glauben." Erasmus schaute Mia fest in die Augen und nahm ihre Hand in seine. „Wenn du willst, kannst du morgen Vormittag in die Brahmsstraße 22 gehen."

„Und wo ist das, in Berlin?"

„Ja, im Grunewald. Am Gartentor steht Herbert Baumann auf dem Klingelschild. Das ist mein Vater. Unsere Haushilfe ist vormittags immer da und du kannst dich nach mir erkundigen." Erasmus stockte für einen Augenblick, seine Augen verloren ihren Glanz. „Aber dort bin ich nicht mehr. Wenn du mich besuchen willst, musst du ins St. Georg Krankenhaus gehen. Frage beim Empfang, wo Erasmus Baumann liegt. Vielleicht sagen sie es dir. Es ist in der Onkologie, Zimmer 103. Oder vielleicht auch nicht, weil du dich vorher erst bei Professor Bernhard anmelden musst, um eine Besuchserlaubnis zu erhalten. Der wird dich fragen, wer du bist und warum du Erasmus Baumann besuchen willst. Auf jeden Fall weißt du dann, dass im St. Georg Krankenhaus ein Erasmus in der Onkologie liegt. Der bin ich. Glaube mir, denn so viele Erasmusse gibt es in Berlin bestimmt nicht."

Mia starrte Erasmus an. Stille breitete sich wie eine Mauer zwischen ihnen aus. Eine, zwei, drei Minuten vergingen.

„Du stehst doch vor mir. Ich verstehe das alles nicht," stammelte sie.

„Ich noch weniger, aber es ist so. Manchmal gibt es eben zwei Wahrheiten." Die Sache mit den Quantenteilchen, die sich an unterschiedlichen Orten und in unterschiedlichen Zuständen gleichzeitig befinden können, zu erklären, würde zu abstrakt werden. Für ihn war es ja nicht anders. Erasmus drückte ihre Hand.

„Zwei Wahrheiten?"

„Ja, denn dort im Krankenhaus bin ich auch. Mein Körper ist nur noch eine Wüste, nachdem die Chemo-Bombenhagel alles Leben vernichtet haben. Gleichzeitig stehe ich jedoch hier vor dir, putzfidel. Jemand hat Reset gedrückt. Das eine Ich, also der Erasmus, der in diesem Augenblick vor dir steht, ist in die Vergangenheit zurückgekehrt. Der andere liegt sterbend im Krankenhaus. Ich weiß nicht, wie viel Tage das noch gut geht. Auf jeden Fall bis zum 27. September fünf Uhr morgens."

„Und dann?"

Erasmus schaute Mia fest ins Gesicht. „Dann muss ich sterben." Er stockte. „Wenn kein Wunder geschieht. Doch vorher will ich noch möglichst viel von dem Leben abbekommen, das ich im Krankenhaus versäumt habe. Ich wäre glücklich, wenn du bis dahin bei mir bleibst. Ob ich meinem Schicksal entwischen kann, weiß ich nicht, aber wer entscheidet sich nicht erst einmal für das Leben?"

Mia umarmte ihren Freund so fest, wie sie konnte. Erasmus war real, das war der Junge, den sie mochte, mit seiner Mütze bis tief in die dunkelbraunen Augen gezogen. Immer etwas schüchtern und seine Art, aufrecht zu sitzen, irgendwie gut erzogen.

„Es tut mir leid, dass ich dir nicht von Anfang an die Wahrheit gesagt habe, was mit mir los ist. Ich konnte es einfach nicht."

Der andere im Krankenhaus, wer ist das dann, überlegte Mia verzweifelt. Das ist doch der gleiche Erasmus, der vor mir steht und den ich liebe. „Ich bleibe bei dir, solange du willst", versicherte sie entschlossen. „Auch, wenn ich das alles nicht verstehe." Erasmus drückte einen Kuss auf ihre Lippen. Es war nicht der Erste, aber es war ein besonderer, ein Kuss der Dankbarkeit.

Die Nacht verbrachten beide aneinandergeschmiegt in unruhiger Gespanntheit, die sich erst am frühen Morgen auflöste. Der Mond begann zu verblassen, als Erasmus auf ihn zeigte. „Weißt du, Mia, dass die Erde von dort aus gesehen vierundsechzig Mal größer erscheint als der Mond uns von der Erde aus. Das muss absolut toll aussehen. Ob man uns eigentlich vom Mond aus hier liegen sehen könnte?"

Mia blinzelte zum Himmel, gähnte, schmiegte sich an Erasmus. „Worauf du alles kommst. Ich denke, wir sollten uns in diesem Fall besser etwas überziehen, es wäre mir sonst peinlich, wenn uns der Mann im Mond ohne was sieht", kicherte sie und tippte Erasmus an die Nasenspitze. „Komm lass uns was essen. Es ist noch recht früh, aber ich habe Hunger bekommen und schlafen mag ich jetzt nicht mehr." Mia erhob sich, zog sich Erasmus' T-Shirt über und machte sich am Kühlschrank zu schaffen. Sie holte einen Karton Milch und Marmelade heraus und füllte den Toaster.

„Warst du eigentlich schon einmal in der Philharmonie?", erkundigte Erasmus sich wie nebenbei, als er in einen Toast mit Erdbeermarmelade biss.

Mia machte große Augen und schüttelte den Kopf. „Nein, noch nie. Warum fragst du?"

„Weißt du, es gibt ein Eröffnungskonzert von Sir Simon Rattle für seine letzte Saison hier in Berlin. Ich würde gern mit dir hingehen. Sie spielen Haydns ‚Schöpfung'. Das ist bestimmt wunderbar mit Chor, Solostimmen und Orchester."

„Wann ist das?"

„Am 25., das ist ein Freitag. Magst du eigentlich überhaupt klassische Musik?"

„Na und wie." Auf Mias Gesicht der Ausdruck eines Kindes, das sich bei einer Lüge ertappt fühlt. „Aber mit dir gehe ich gerne hin, bestimmt." Erasmus musste lachen.

„Weißt du, Mia, ich mag Musik, aber ich mache mir auch nicht viel aus klassischer Musik. Man bekommt einen Platz zugewiesen und muss dort ruhig sitzen bleiben, bis alles vorbei ist. Ich mag viel lieber Pop oder Rock, wo man bestimmt nicht still auf seinem Platz bleiben kann, sondern vielmehr aufspringt, die Hände im Rhythmus gegen den Himmel streckt und man so ein Teil des Konzertes wird. Im September gibt es wieder das Lollapalooza Musikfest. Ich möchte auf jeden Fall hin, diese Musik interessiert mich wirklich. Da kann man sich voll ausleben."

„Super Erasmus, das hätte ich gar nicht von dir gedacht. Mein Bruder will auch hin und ein paar aus unserer Gruppe auch. Es wäre wirklich toll, wenn du mitkommst. Es werden bestimmt zwei megasuper Tage. Ich hatte sowieso auch vor, hinzugehen und wenn du mitkommst, umso besser."

Erasmus räusperte sich. „Also wegen dem Konzert in der Philharmonie. Ich lag damals im Krankenhaus und meine Mutter wollte erst nicht hingehen, lieber bei mir am Krankenbett bleiben. Da habe ich ihr gesagt: Geh bitte hin. Wenn du nicht hingehst, werde ich noch kränker. Und weißt du, sie hat geschmunzelt. Ich wusste allerdings damals schon, dass es für mein Kranksein keine Steigerung gab." Erasmus hielt einen Augenblick inne, trank einen Schluck Milch und fuhr fort: „Weißt du, meine Mutter hat lange im Radiosymphonieorchester die erste Geige gespielt, ehe sie wegen mir, wegen meiner Krankheit, aufgehört hat. Das tat mir leid und hat mir Schmerzen bereitet, denn ich weiß, wie sie an ihrer Musik hängt und an dem Orchester. Ich wollte damals unbedingt, dass sie hingeht und einmal richtig ausspannen kann. Sie hat mir viel über Musik beigebracht. Ich meine, Musik zu lieben. Sie hat mich Klavier spielen gelehrt und mich sogar in das Geige spielen eingeführt. Aber, weißt du, am liebsten mache ich auf meiner Gitarre Musik."

„Was, du spielst Geige?" Mia starrte Erasmus mit großen Augen an.

Erasmus grinste. „Wie ein zehnjähriger."

„Glaub ich nicht. Nuss hat mir erzählt, dass du mega musikalisch bist. Du hast ja eure Musik arrangiert. Er findet es toll, wie du summst und gleichzeitig Noten aufschreiben kannst. Er hat das mal in Kino gesehen, wie Mozart beim Summen komponiert und nebenbei noch Billard gespielt hat und gleich an dich gedacht."

„Na, hallo, ich bin doch kein Mozart." Erasmus musste so lachen, dass er sich beinahe am Toast verschluckt hätte. „Ich glaube Nuss ist begabt und singt gar nicht schlecht. Er hat eine schöne, etwas rauchige Stimme. Meinst du nicht auch?", würgte Erasmus mit Lachen heraus.

„Ja, absolut, das stimmt. Er ist ein super Kumpel, aber leider kocht er zu schnell über. Dass er ein Hitzkopf ist, hab ich dir ja schon mal erzählt. Er verwechselt auch schon mal gern dein und mein."

„Was meinst du denn damit?"

„Na er klaut gern mal im Supermarkt. Mal eine Dose Bier oder Red Bull oder Schokolade, was ihm halt unter die Finger kommt. Einfach so, aus Spaß am Nervenkitzel. Ich mag das nicht und habe ihm oft Vorhaltungen gemacht. Mein Bruder auch. Ich denke, du hast einen guten Einfluss auf ihn. Sprich du mal mit ihm darüber. Er ist sonst eigentlich ein ganz ordentlicher Junge. Es ist gut, dass du in sein Leben gerutscht bist."

„Also, wenn wir zusammen sind, hat er noch nie etwas gestohlen."

„Genau das meine ich ja, Erasmus, weil du dabei bist. Ob er Lust hat, mit uns ins Konzert zu gehen?"

„Ich könnte ihn ja mal fragen, aber ehrlich Mia, lieber würde ich allein mit dir hingehen."

„Also, wenn ich das alles, was ich nicht verstehe, richtig verstehe", Mia zögerte mit dem Weitersprechen, „in dem Fall könnten wir doch, wenn wir ins Konzert gehen, deine Mutter treffen. Du hast mir doch eben erzählt, dass sie da war."

„Ja, wir können sie dort treffen, auch wenn ich mir die ganze Sache immer noch nicht vorstellen kann. Ich habe aber beschlossen, nicht mit meiner Mutter zu sprechen. Auf keinen Fall, obwohl ich es eigentlich möchte. Das könnte alles kaputtmachen. Ich bin ja hier, um zu leben, mein eigenes, vielleicht nur noch kurzes Leben. Das hat mir Hein aufgetragen." Erasmus rieb an seiner Nasenwurzel. „Ich wollte sie schon einmal mit verstellter Stimme anrufen, aber ich habe es sein gelassen. Ich will mein Glück nicht zunichtemachen. Außerdem", Erasmus betonte seine Worte, „muss sich jeder einmal von seinen Eltern abnabeln. Das ist das Leben."

Abnabeln, das war ein Wort, das er von seiner Mutter gehört hatte und zuerst nicht wusste, was es bedeutete. Seitdem er im Krankenhaus lag, ließ es ihn nicht mehr in Ruhe. Es bedeutete Trennung.

Mia schwieg. Was hat mein Erasmus immer für seltsame Worte drauf. Nach einer Weile flüsterte sie: „Möchtest du sie nicht wenigstens von der Ferne sehen, deine Mutter?"

„Doch, das möchte ich unbedingt. Allein deswegen will ich ja ins Konzert. Ich möchte sie gerne sehen. Wenn du den Mut dazu hast, kannst du sie treffen, aber bitte sage ihr nichts von uns. Vielleicht bekommst du heraus, wie sie sich an dem Abend fühlt, ob sie wenigstens etwas abschaltet und an dem Abend glücklich ist. Es würde mich freuen, wenn du sie sogar zum Lachen bringst. Aber ich möchte dich nicht drängen."

Plötzlich verlangte es Erasmus, wie übermächtiger Hunger, Mia zu küssen. Er nahm ihre Hand, zog ihren schmalen Körper dicht an seinen und fühlte in sich etwas, was er bisher in seinen siebzehn Jahren noch nie gefühlt hatte, den Wunsch nach Vereinigung mit einem anderen Menschen. Seine Umarmung war etwas linkisch, aber Mia führte ihre Zunge behutsam in seinen Mund. Erasmus musste für eine Sekunde an Hein denken, der ihm die Gelegenheit gegeben hatte, Liebe zu erfahren, die ihm der Krebs und die vielen Aufenthalte im Krankenhaus verwehrt hatte. Er war siebzehn, es war jetzt für ihn wie ein Hundert-Meter-Sprint durch das Leben. War er eigentlich nicht schon fünfundzwanzig und richtig verliebt? Was würde als Nächstes kommen, wenn er dreißig ist? Ohne weiter zu denken, gab er sich dem Kuss hin. Es war wunderschön. Um ihn herum war es zwar wie bisher, aber trotzdem völlig anders.

Kapitel 11

25.08.2017

Mia hatte lange überlegt, was sie zu ihrem ersten Konzertbesuch anziehen sollte. Erasmus hatte sich zu seiner hellen Hose einen dunkelblauen Blazer gekauft und sah damit für Mia fast erwachsen aus. Zum Schluss entschied sie sich für ihr hellgrünes Sommerkleid, das mit Fantasieblumen verziert war. Darüber ein weißes Jäckchen, ihre weißen 6 Millimeter hohen Pumps und fertig. Als sie sich im Spiegel betrachtete, war sie sicher, es fehlte noch etwas. Schmuck! Mia suchte nach der Perlenkette und den passenden Ohrringen, die sie von ihrer Oma geerbt, aber als zu altmodisch empfand und noch nie getragen hatte. Zu einem Konzertbesuch mit klassischer Musik sind eine Perlenkette und Perlenohrringe sicherlich passend, entschied sie.

Als sie sich einen Tag später vor Erasmus stellte, fühlte sie sich aufgeregt wie damals in ihrem ersten Kostüm zur Konfirmation.

„Ist das in Ordnung für ein Konzert in der Philharmonie, oder brauche ich dafür nicht vielleicht besser ein Abendkleid? Was meinst du." Beinahe hätte sie sich gewünscht, Erasmus hätte ja gesagt. Einmal im Abendkleid ausgehen, überlegte sie, das wäre einfach toll! Genau wie die Filmstars auf dem roten Teppich flanieren. Ich habe etwas Spargeld. Ob ich es dafür ausgeben sollte, dachte sie. Sie wartete gespannt auf Erasmus' Reaktion.

„Nein, Mia, was du heute anhast, ist wirklich wunderbar. Der Schmuck verwandelt dich in eine Prinzessin. Ich finde dich einfach schön. Weißt du, manche kommen ins Konzert, als wären sie auf dem Heimweg von der Straßenarbeit. Das gefiel meiner Mutter nicht. Es ist nicht fair den Musikern gegenüber, die in einem Konzert alles geben, meinte sie immer." Mit einem breiten Lächeln fügte er hinzu, „Aber du und ich, wir geben ein tolles Paar ab. Alle werden staunen." Das wurde mit einem Kuss besiegelt, der nicht enden wollte.

Das weite Rund des Saales war vollständig besetzt. Erasmus hatte noch zwei Plätze im zweiten Rang ergattern können, von wo aus sie einen guten Überblick hatten, den Mia sofort mit ihrem Handy einfangen musste, auch noch schnell ein Selfie mit Erasmus, ihre Köpfe dicht an dicht. Erasmus' Blicke durchschweiften unruhig den Saal, aber er konnte seine Mutter nirgends sehen. Sich umdrehen, um die Reihen hinter ihm zu überblicken, wollte er nicht. Es wäre zu auffällig. Was wäre, wenn seine Mutter ihn erkennen würde? Seine Mutter, die ihn im Krankenhaus wusste. Was würde passieren. Erasmus' Herz klopfte. Habe ich heute nicht etwas zu viel gewagt, durchfuhr es ihn.

„Hast du deine Mutter noch nicht gefunden?", flüsterte Mia.

„Nein. Aber sie ist bestimmt hier."

Es wurde dunkel, das Orchester füllte unter Klatschen des Publikums die Bühne. Hier und da wurde noch gehustet. Das Konzert begann mit einem ‚Symphonischen Gedicht'. Danach gab es die Pause, auf die beide ungeduldig gewartet hatten.

„Das war etwas modernes", flüsterte ihr Erasmus mit einem verschmitzten Lächeln zu, als sie von ihren Sitzen aufstanden und er ihr verstörtes Gesicht bemerkte. „Das verstehe ich genauso wenig wie du."

Mia hatte während des Stückes kaum auf die Musik geachtet. Ihre Gedanken waren damit beschäftigt, wie das Treffen mit Erasmus' Mutter ausgehen würde. Mit ihm hatte sie wieder und wieder besprochen, was sie zu ihr sagen sollte. Aber was würde Erasmus' Mutter antworten? Was würde sie fragen?

Erasmus nahm sie bei der Hand. „Komm, wir gehen hinunter ins Foyer. Dort treffen wir sicherlich auf meine Mutter." Beim Wort Foyer erglühte Mia. Sie kannte das Wort, sie war aber noch niemals zu einem festlichen Anlass in einem Foyer gewesen. Mia schaute sich in der Menschenmenge um. Für einen Augenblick fand sie es schade, nicht im Abendkleid gekommen zu sein. Zahlreiche kleine Gruppen standen leise sprechend beisammen, viele hatten ein Sektglas in der Hand. Einige waren festlich gekleidet, doch die Mehrheit ähnlich wie sie. Eine Gruppe Jugendlicher war in Jeans gekommen. Es gab einer Bar, vor der eine Menschenschlange stand.

„Hast du Lust, etwas zu trinken?", fragte Erasmus, während seine Augen hektisch über die Menschenmenge kreisten. „Meine Mutter hat immer gesagt, ein Glas Sekt gehört in der Pause dazu." Aber seine Gedanken waren nicht bei dem Gesagten. Mia schüttelte den Kopf. „Nein, dafür bin ich viel zu aufgeregt." Sie bekam feuchte Hände und fühlte, wie ihr Schweißtropfen unendlich langsam über den Rücken glitten, einer nach dem anderen. In ihrem Kopf sortierte sie wieder und wieder, was und wie sie mit Erasmus' Mutter sprechen sollte. Es waren viele Leute, die sich im Foyer drängten, und sie mussten etwas zurücktreten. Plötzlich sah Mia, wie aus Erasmus' Gesicht alle Farbe verschwand und seine Pupillen abrupt stoppten.

„Hast du sie gefunden, deine Mutter?"

„Ja", stammelte er. „Dort drüben, die Frau in dem schwarzen Kostüm und der weißen Bluse, das ist meine Mutter." Erasmus' Herz schlug wie eine Faust gegen das Brustbein, er konnte kaum atmen. Seine Mutter unterhielt sich etwas abseits von den Umherstehenden mit einem grauhaarigen Mann, halb verborgen hinter einem Pfeiler. Beide hatten eine Sektflöte in der Hand. Erasmus erschien sie entspannt, wie er sie schon lange nicht mehr gesehen hatte. Gleichzeitig fiel ihm auf, dass Ihre Haare grau geworden waren, sie gebückt dastand. Das hatte er im Krankenhaus nicht bemerkt.

„Ist der Mann neben ihr dein Vater?"

„Nein. Das ist einer von den Musikern vom Rundfunkorchester, ich denke die Bratsche. Ich kenne ihn, er hat uns einige Male besucht. Mein Vater war an dem Tag bei mir im Krankenhaus. Ich glaube, mir ging es damals nicht besonders gut."

„Ich gehe zu den beiden", flüsterte Mia in aufgeregter Tapferkeit und strich sich die offenen Haare hinter die Ohren. Erasmus sah ihr nach, wie sie sich zögernd durch die Menschengruppen schlängelte, bis sie dicht vor seiner Mutter stand. Was sie sagen würde, wusste er.

„Guten Abend. Entschuldigen Sie bitte, Sie sind sicher Frau Baumann." Die Angesprochene drehte sich zu der Stimme um und blickte Mia fragend an. „Ich bin Mia Ruoff", fuhr sie entschlossen fort, obwohl sie vor Angst kaum sprechen konnte. „Ich mache ein Praktikum im St. Georg Krankenhaus bei Professor Bernhard. Dort habe ich Sie einige Male gesehen." Frau Baumann konnte sich nicht an ihr Gesicht erinnern.

„Ich habe gehört, es geht Ihrem Sohn Erasmus trotz der betrüblichen Umstände einigermaßen gut." Frau Baumann blickte sie mit verhangenen Augen an.

„Danke der Nachfrage. Wie Sie sicherlich wissen, ist er in palliativer Behandlung. Ich gebe die Hoffnung dennoch nicht auf." Frau Baumann stockte. „Vielleicht geschieht ein Wunder. Das wünsche ich meinem Sohn von ganzem Herzen. Hoffnung ist ein Teil meines täglichen Lebens geworden." Eine Melancholie legte sich über ihre Züge.

„Ich denke, es wird alles gut werden, Frau Baumann, er ist doch immer so tapfer. Ich habe mich beim gelegentlichen Umbetten schon fast in seinen kleinen blauen Fleck am rechten Oberschenkel verliebt. Sicher ein Muttermal." Mia fühlte, dass die Sache mit dem Muttermal ungeschickt in ihre Rede eingeflochten war, sie hatte in der Aufregung den Faden verloren. Aber es war wichtig. Das Gesicht von Erasmus' Mutter zeigte keine Veränderung. „Was Ihr Sohn sich sehnlichst wünscht", fuhr sie mit dem vorbereiteten Text fort, „ist, Sie noch einmal Lachen zu sehen, wenn Sie ihn das nächste Mal besuchen."

„Das werde ich machen." Frau Baumann lächelte. Mias letzter Zweifel war ausgeräumt. Beide hatten ein blaues Muttermal am Oberschenkel, beide waren Erasmus. Frau Baumann's Sohn stand drei Meter entfernt von hier, mit seinem Drang zum Leben. Ebenso lag er kilometerweit entfernt im Krankenhaus und kämpfte mit dem Tod. Ich muss ihn unbedingt besuchen, ging es Mia durch den Kopf. Wenn ich den Erasmus hier liebe, liebe ich auch den todkranken Erasmus dort, denn sie sind ein und dieselbe Person.

„Sie sehen also meinen Sohn ab und zu?"

„Ja, aber erst in letzter Zeit. Ich finde, Sie haben einen großartigen Sohn. Sie können stolz auf ihn sein und ich mag ihn sehr. Er kämpft tapfer gegen seine Krankheit. Wir haben einmal lange zusammen gesprochen. Er will Sie und Ihren Herrn Gemahl nicht enttäuschen. Sie sollen wissen, er liebt Sie beide und dankt Ihnen, dass Sie ihn auf die Welt gebracht haben. Er dankt für alles, was Sie und Ihr Herr Gemahl für ihn in seinem leider nur kurzen Leben getan haben und für die vielen Besuche an seinem Krankenbett. Er hat mir anvertraut, es war trotz allem ein schönes, erfülltes Leben für ihn, das er gern gelebt hat. Es tut ihm leid, dass er Sie jetzt beide alleine lassen muss." Das war die Botschaft, die Erasmus unbedingt loswerden wollte. Nur das *Ich mag ihn sehr* hatte Mia eingefügt.

„Ich danke Ihnen für Ihre aufmunternden Worte." Frau Baumann's Augen strahlten für einen Augenblick. „Sie bedeuten mir sehr viel. Ich danke Ihnen sehr, dass Sie sich so nett um meinen Sohn kümmern."

„Auf Wiedersehen Frau Baumann, ich möchte Sie nicht weiter stören. Ich bin hier mit meinem Freund", sagte sie und zeigte beim Sprechen in Richtung Erasmus. Frau Baumann konnte unter den vielen Umherstehenden nicht erkennen, wen sie damit meinte. „Ich wünsche Ihnen noch einen wunderschönen Abend." Damit lächelte sie Frau Baumann mit ihren hellblauen, kurzsichtigen Augen liebevoll an und mit einem leichten Kopfnicken zu ihrem grauhaarigen Begleiter verschwand sie im Gedränge der Leute. Zum

Lachen hatte sie Erasmus' Mutter nicht bringen können, jedoch ein Lächeln hatte sie hervorgezaubert.

„Wie war's?"

„Wie wir's besprochen haben. Glaub mir, ich war
taub vor Angst."

„Du, Mia, wir behalten das alles für uns. Linus und
die anderen brauchen nichts davon zu erfahren, dein
Bruder auch nicht. Es würde alles nur verkomplizieren. Ich möchte, solange meine Augen noch sehen
können, ein normales Leben führen wie alle anderen.
Es herrlich finden, die Sonne aufgehen zu sehen, wenn
ein neuer Tag anbricht. Ich möchte noch einmal eine
Reise machen, mal ins Kino gehen, Freude am Atmen
haben. Ja, und das alles gemeinsam mit dir. Aber nur,
wenn du willst, denn möglicherweise kommt mein
Abschied schon sehr bald."

„Ach, rede bitte nicht von Abschied, komm, wir hören uns Haydn und seine ‚Schöpfung' an. Ich habe
mich etwas auf heute Abend vorbereitet und warte gespannt auf den dritten Teil."

„Ja, es wäre schön, wenn wir beide wie die ersten
Menschen im Paradis leben könnten, ohne alle Sorgen", fiel Erasmus ein und fuhr fort: „Vielleicht geschieht das einmal, das wäre zu schön." Ihre Gesichter
waren nur noch Millimeter entfernt, aber sich vor allen
Leuten im Foyer zu küssen, das wagten sie nun doch
nicht.

„Das heben wir uns für nachher auf", flüsterte Erasmus. Mia nickte. Die Ouvertüre im langsamen c-Moll
mit der Geburt des Lichtes entführte beide in eine andere Welt.

Kapitel 12

09./10.09.2017

In den letzten Tagen im August fühlte sich Erasmus oft ausgelaugt. Er hatte manchmal keinen Appetit. Die unklaren Schmerzen, die ihn schon seit Wochen ab und zu plagten, hatten sich endgültig in seinem Körper festgesetzt. Außerdem hatte er wieder Gewicht verloren, was ihn besonders entmutigte, nachdem er endlich etwas zugenommen hatte.

So hat es vor Jahren angefangen. Habe ich inzwischen genauso Krebs wie mein anderes Ich? Erasmus hatte von Anfang an hin und wieder mit dem Gedanken gespielt, nicht zu Hein zurückzukehren, einfach sein neues Leben weiterzuleben. Besonders, wo er endlich Freunde gefunden, seit er Mia getroffen hatte, wollte er von dem neuen Leben nicht lassen. Leider ist das alles doch nur ein Traum. Der Krebs wird mich so oder so einholen, resignierte er. Am 27. September um fünf Uhr morgens ist für mich die Zeit endgültig abgelaufen. Ich liege ja tatsächlich schon in diesem Augenblick im Krankenhaus und werde sterben. Dass ich hier bin, ist lediglich eine eingeschobene Episode.

„Was ist Erasmus, du machst einen betrübten Eindruck. Ist dir nicht gut, oder hast du Sorgen? Denk einfach an dein Lieblingsvorhaben, das Lollapalooza Festival." Erasmus wurde von Mias fröhlicher Stimme aus seinen komplizierten Gedanken herauskatapultiert und bekam einen Schluckauf. „Nächsten Monat am neunten und zehnten steigt's auf der Galopprennbahn Hoppegarten. Du kommst doch mit?"

„Na klar gehe ich hin, das lasse ich mir nicht entgehen." Die Chance, das Musikfest, das er vor seinen Freunden gerne mit dem Woodstock der sechziger Jahre verglich, nun doch erleben zu können, machte ihn wahnsinnig vor Freude. Um diese Zeit, erinnerte er sich, Anfang September, war ich fest ans Bett gekettet. Ich konnte den Computer oft nur noch liegend mit einer Vorrichtung bedienen, die mir mein Vater besorgt hatte. Im Jahr davor ging es mir während der Reha so gut, dass ich hingehen wollte. Schließlich gab ich es auf, denn ich hatte niemanden, mit dem ich zum Treptower Park gehen konnte, um es zu erleben. Ich hatte Angst, unter all den Menschen einsam zu bleiben.

Dieses Mal wollte er auf jeden Fall dabei sein, die gebotene Chance nutzten. Mit Mia, Linus, Mias Bruder Daniel und der ganzen Truppe. Er würde die Foo Fighters mit dem ehemaligen Nirvana Schlagzeuger Dave Grohl hören und die Indie-Pop-Band London Grammer. Dafür alleine lohnte sich schon sein zweites Leben.

„Wir gehen hoffentlich schon am Samstag hin und bleiben bis Sonntag, oder habt ihr andere Pläne?"

„Na klar, Erasmus, die ganze Zeit. Mein Bruder und ein paar andere bringen Zelte mit. Wir bleiben über Nacht. Ich freue mich schon wahnsinnig darauf. Das wird bestimmt megageil. Ich haue mir auf jeden Fall eine Menge Glitzer in die Visage und was hast du vor?" Erasmus machte ein Gesicht wie ein Junge, der das lang ersehnte BMX-Rad zum Geburtstag erhält.

„Ich kaufe mir ein >FUCK THE WORLD< T-Shirt und schminke mich wie der Simmons von KISS als Dämon. So etwas Verrücktes habe ich schon immer mal gewollt, aber mich nie getraut. Jetzt mache ich es endlich!" Erasmus lachte vor Freude und klatschte in die Hände.

„Spuckst du auch Blut, wie der's immer auf der Bühne macht? Is doch geil oder?"

„Nein, lieber nicht. Das würde mich an etwas erinnern, was ich lieber vergessen möchte." Erasmus' Stimme versagte für einen Augenblick. Als er sich gefasst hatte, fuhr er fort: „Weißt du, wir sollten am Sonntagabend nicht zu lange bleiben. Wir können ja den Tag zu zweit noch irgendwo in Berlin nett ausklingen lassen. Eben halt nur wir beide." Das nett ausklingen war ihm in den Sinn gekommen. Das hatte seine Mutter immer gesagt, den Tag nett ausklingen lassen oder nett irgendwo zu Abend essen. Er fand, es passte hier.

„Wie kommst du darauf. Warum bleiben wir nicht bis zum Schluss? Ich dachte, du wärst versessen auf die Musik. Es wäre schade, schon früher zu gehen. Wir wollen doch nichts verpassen. Für uns beide bleibt danach immer noch genug Zeit."

„Mmm," Erasmus zögerte einen Augenblick, ehe er weitersprach. Ihm standen die Schlagzeilen von der BZ vom letzten Tag vor Augen: Nach dem Chaos am ersten Tag gab es ebenso am Sonntag großes Gedränge am S-Bahnhof Hoppegarten. „Ich denke, wenn alle auf einmal zurückwollen, gibt es bestimmt ein Chaos an den beiden Ausgängen bei den annähernd hunderttausend Leuten, die bestimmt erwartet werden. Die paar klapprigen Berliner S-Bahnen und die paar Shuttle-Busse, die schaffen das nie. Ich möchte so ein Gedränge nicht gerne mit dir erleben." Das, solange ich noch bei dir sein kann, verbiss er sich zu sagen.

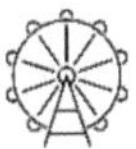

Als Erasmus und Mia am zweiten Tag mit inzwischen taub gewordenen Ohren in der Gondel des Riesenrades saßen, waren sie zum ersten Mal allein, seit sie zum Festival gekommen waren. Je höher sie aufstiegen, umso mehr ließen das Fangekreische und die dröhnenden Bässe nach, nur die Stimmen der Sänger drangen noch bis zu ihnen hinauf. Mias Glitter hatte sich gut gehalten, doch von Erasmus' dauernd verschwitztem Gesicht war das schwarz-weiße KISS Make-up unansehnlich geworden. Mia bemühte sich, es mit einem Tempo-Taschentuch wieder in Ordnung zu bringen.

„Nun halt dein Kopf doch endlich still und zappele nicht so rum wie ein Fisch an der Angel."

„Ich kann halt nicht anders, ich bin so froh, dass ich hier bin und meine Musik hören kann. Ich glaube, ich zerplatze gleich vor Glück!" Erasmus Dopaminausbruch schickte beim Tupfen ein breites Schmunzeln über Mias Gesicht.

„Bitte nicht zerplatzen und mache hier keine Schweinerein!"

„Weißt du, Mia, das Leben ist super! Sieh doch hinunter, die Leute stehen wie Trauben um die Bühnen. Ist das nicht fantastisch? Und alle sind so energiegeladen!" Erasmus' Gesicht glühte und seine Aufregung bewirkte, dass er beinahe das Atmen vergaß. „Was Musik nur so alles hervorbringen kann", kam es prustend aus ihm heraus. Ein leichter Schwindel erfasste ihn, doch er ging schnell vorbei.

Als sie ganz oben angekommen waren und das Riesenrad sich nicht mehr drehte, hörte Mia mit dem Tupfen auf und die Welt um die beiden versank. Sie hörten keinen Lärm, keine Musik mehr. Nur noch das
Klopfen ihrer beiden Herzen.

„Es wäre schön, hier einfach sitzen zu bleiben. Ob
die Gondel immer höher und höher steigen kann, bis
in die Unendlichkeit? Und wir alles hinter uns lassen,
was uns bedrückt", flüsterte Erasmus Mia ins Ohr.

„Bei dir ist doch alles möglich. Warum nicht einmal
einen Ausflug ins Weltall. Ich komme auf jeden Fall
mit, aber halte mich fest." Erasmus schlang den Arm
um Mia und ihre Lippen berührten sich.

Eigentlich wollten sie nie mehr aussteigen, doch sie
waren in der Realität angekommen, als die Gondel mit
Geratter entriegelt wurde. Sie waren wieder auf der
Erde angekommen. Im Gewimmel vor dem Riesenrad
trafen sie auf Linus.

„Du, Linus, ich werde mit Erasmus schon am späten Nachmittag verschwinden. Sag den anderen auch
Bescheid", platzte Mia heraus.

„Warum das denne?"

„Ich denke mal", meldete sich Erasmus, „nach dem
Abschlusskonzert wird es ein mega Gedränge geben,
noch schlimmer als gestern, mit dem die zu Schrott gesparte Berliner S-Bahn bestimmt nicht zurechtkommt.
Deswegen sollten wir uns lieber vorher Richtung Innenstadt aus dem Staub machen. Sonst verderben wir
uns die schöne Erinnerung an das Konzert." Für einen
Augenblick dachte Linus an ein Date, eine Liebelei
zwischen den beiden. Aber die Metalldiebe, Hertha
gegen Liverpool und die Rambla juckten wie Schorf,
an dem man einfach kratzen muss, bis schließlich Blut
kommt. „Wir können uns ja nachher alle irgendwo in
Berlin verabreden", fuhr Erasmus fort.

„Wie du nur immer auf so etwas kommst", flüsterte Linus.

„Meine Lieblingsband, die Foo Fighters, machen gegen 10 Uhr Schluss, danach verschwinden wir allmählich. Das ist hoffentlich okay für dich und die anderen, oder?"

„Du hast dich doch wie verrückt auf Lollapalooza gefreut, wie son kleines Kind auf den Weihnachtsmann, und plötzlich willst schon früher abhauen, weil's nachher vielleicht wieder etwas Gedränge gibt? Das verstehe ich nicht. Schätzt du das bloß Muste, oder weißt du das von dem Gedränge?" Linus blickte Erasmus fest ins Gesicht.

„Schätze ich halt mal."

Das könnte natürlich so sein, meldete sich Linus' Verstand, wenn man sich die Sache in Ruhe überlegte. Vielleicht ist Erasmus einfach intelligenter als wir. Damit wollte er sich jedoch nicht zufriedengeben, denn Intelligenz hatte schließlich nichts mit einem richtig vorhergesagten Fußballergebnis zu tun. Linus wusste nicht recht, was er aus dieser Sache machen sollte. Schließlich beschloss er, auch früher zu gehen. Wenn es für den frühen Aufbruch etwas anderes gab als ein Date, womit sein Freund mal wieder nicht herausrückten wollte, müsste er ernstlich mit ihm sprechen. Allmählich kam ihm Erasmus wie ein Fußballspieler ohne Ball vor, der dennoch Tore schießt.

„Ich lass euch Männer mal allein, muss mal für kleine Mädchen." Damit verschwand Mia lachend im Menschenmeer, hinein in die Schallwellen, die von der Bühne links auf sie zu donnerten.

„Ich glaub, du willst ein geiles Date mit Mia, lieber ganz ohne uns Stänker. Hab ich recht?" Erasmus nickte, seine Verlegenheit kam von selbst. „Besuch mich mal wieder nächste Woche, Muste, hab Lust, mit dir in meine Stammkneipe zu gehen. Du verträgst ja inzwischen schon was und Spaß scheint's dir auf jeden Fall zu machen. Ich bin immer gern mit dir zusammen."

„Okay Haselnuss. Ich komme Dienstag und bring dir auch einen Nussknacker mit", prustete Erasmus lachend heraus. „Ich bin gerne wieder mal bei dir. Ist ja immer lustig mit dir. Ich find's toll, dass ich in deiner Wohnung übernachten darf. Ich sollte mir wohl bald mal was Eigenes suchen, wenn ich noch länger…" Erasmus brach abrupt ab.

„Wegen mir brauchst du dir nichts zu suchen, kannst ruhig noch was bei mir bleiben. Wir beide kommen doch gut zurecht. Aber ohne Scheiß, etwas unheimlich bist mir manchmal schon."

„Unheimlich?"

„Na, ich weiß nicht, wie ich es sagen soll. Dein Blick verschwindet manchmal nach innen, dann bist du nicht mehr erreichbar. Und wie du plötzlich in mein Leben reingeschliddert bist. Ich mein einfach, als wenn du aus dem Nichts gekommen wärst. Auch die Sache mit der Rambla, als du da unbedingt nicht hinwolltest. Ich kann das immer noch nicht kapieren."

„Weißt du, Nuss", Erasmus musste wieder wegen des Spitznamens über das ganze Gesicht grinsen, „es gibt halt Sachen, die man zwar versteht, jedoch nicht kapieren kann. Denk mal ans Handy. Wenn ich dich anrufe, verbindet sich dein Handy mit meinem einfach durch die Luft. Und das bei bestimmt fünf Million Handys hier in Berlin, die ihre Nachrichten kreuz und quer durch die Luft jagen. Manche sind kilometerweit auseinander. Darüber hinaus geht alles noch durch Wände oder rennt einer fahrenden U-Bahn hinterher. Dass dabei nichts durcheinanderkommt, kann man vielleicht noch irgendwie verstehen, aber kapieren?

Du kannst sogar bis nach Japan oder China telefonieren. Wenn du von hier einen von den fünfundzwanzig Millionen Einwohnern im zehntausend Kilometer entfernten Tokio anrufst, dann kommt das dort bei dem auf seinem Handy ganz bestimmt sofort an. Weißt du, was ich meine? Kannst du das kapieren?"

Linus schaute seinen Freund fragend an. Dass er mit etwas Technischem kam, das verwirrte ihn. Das vorhergesagte Fußballergebnis und besonders die Angelegenheit mit der Rambla waren keinesfalls digital, sondern für Linus im analogen Bereich angesiedelt.

„Also ich denke, Nuss", wieder ein Grinsen, „man kann nicht alles kapieren, nimm es einfach, wie es ist, und mache dir nicht den Kopf heiß." Linus war sich da nicht sicher. Nach kurzem Nachdenken verkündete er: „Ist mir ja auch egal, Muste. Es ändert an unserer Freundschaft nichts. Wenn du eben nicht mit deinem Geheimnis rausrücken willst, ist's halt so. Wir bleiben trotzdem Kumpels." Linus reichte seinem Freund die Hand und der schlug ein. Erasmus rechnete es ihm hoch an, dass er nicht versuchte, die Wahrheit aus ihm herauszupressen.

„Was stellen wir am Dienstag an, wenn ich dich besuchen komme, du Kokosnuss?"

„Wir gehen erst mal in meine Stammkneipe, lassen uns volllaufen und wenn wir Lust haben, vielleicht gemeinsam auf Mädchenjagd?" Linus fummelte sich eine Zigarette aus der zerknautschen Westschachtel und steckte sie sich zwischen die Lippen. „Na ja, du hast ja schon deine Mia."

„Weißt du, Nuss, ich hätte mal zu was anderem Lust. Ich würde gerne mal in eine Disco gehen, obwohl ich das ja noch nicht darf. Ich möchte gerne einmal so etwas erleben. Na ja, tanzen kann ich halt nicht besonders, trotzdem."

Linus war über Erasmus' Wunsch erstaunt. Wieso hat Muste es plötzlich so eilig mit der Disco. Das verstand er nicht. Steckt vielleicht etwa was anderes dahinter, was der weiß und ich wieder mal nicht, dachte Linus und legte seine Stirn in Falten. „Wenn du in einem Monat achtzehn wirst, kannst jeden Tag hinrennen. Oder kannst du's nicht erwarten, wie die Kids, die unbedingt mit zwölf hinter der Turnhalle rauchen müssen, um sich wie Erwachsene zu fühlen?" Linus lachte Erasmus ins Gesicht, steckte sich die Zigarette zwischen die Lippen und blies den Rauch weit von sich.

„Nein, Nuss, ich habe einfach Lust dazu. Ich war noch nie in einer, aber möchte einfach einmal hin." Dass er vielleicht seinen Geburtstag im Oktober nicht mehr erleben würde, sprach er lieber nicht aus. „Ich denke, Mia würde gerne mitkommen. Wir haben schon einmal darüber gesprochen."

„Ohne Ausweis kommst niemals rein, so wie du aussiehst. Die denken doch, du bist noch nich mal vierzehn."

„Na übertreibe mal nicht. Da ist wirklich nichts zu machen?"

„Mal sehn. Ich mach das schon für meinen besten Freund, den Hellseher." Damit legte er Erasmus beruhigend die Hand auf die Schulter.

Kapitel 13

12.09.2017

Eigentlich hätte jeder es von dem Chaos am Vortag erahnen können, aber dass der Abtransport der Teilnehmer nach dem Lollapalooza Fest auf der Galopprennbahn Hoppegarten am Sonntag ebenso chaotisch verlaufen würde, das erstaunte Linus nicht mehr.

Linus schaute Erasmus nachdenklich an, als der ihn am Dienstag besuchte. Muste hat wie immer recht gehabt. Hätte ich nicht auf meinen Freund gehört, wäre ich erst am frühen Morgen weggekommen, wie Daniel und die anderen aus unserer Gruppe. Oder vielleicht wäre ich auch unter denen gewesen, die im Gedränge zusammengebrochen waren, dachte Linus.

„Na Muste, deine Vorahnung hat wieder mal genau ins Schwarze getroffen, genau wie beim Spiel Hertha gegen Liverpool. Wie machst du das nur? Das würd ich gern mal wissen."

„Keine Ahnung ist halt so. Ich meine, das kann sich ja jeder ausrechnen." Damit würgte Erasmus das Thema ab. Für ihn war es schon zur Gewohnheit geworden, alles zweimal zu erleben, einmal vom Krankenbett, halb betäubt vor dem Computer, und noch einmal tatsächlich mittendrin im prasselnden Leben. Heute ist der zwölfte September, hatte sich Erasmus erinnert, als er auf dem Weg zu Linus war. An diesem Tag wurde die letzte Chemotherapie eingestellt. Wie war ich froh, als ich das hörte, weil ich den Grund dafür damals nicht verstand. Meine Eltern hatten mich am Abend besucht und lange an meinem Bett gesessen. Kira, wie ich meine Mutter immer gerne nannte, hatte mir ununterbrochen die Hand gehalten und von Vaters Lippen war kein Wort gekommen, allein die Augen schimmerten. Ich hatte gegen Abend furchtbare Schmerzen bekommen, bis mir der Stationsarzt eine Spritze setzte und ich mich vollkommen erleichtert fühlte. Das hatte ich noch mitbekommen, aber mein vernebeltes Gehirn wusste nicht, dass es Morphium war. Genau an diesem Tag werde ich mit Linus eine Disco besuchen, dachte er. Wahnsinn, durchzuckte es seinen Körper.

„Ist alles klar für heute Abend, Nuss, und wann geht es los?"

„Alles im grünen Bereich. Gehen erst gegen zehn hin, davor geht's zum Vorglühen in meine Stammkneipe. Deine Mia kommt natürlich und ihr Bruder. Vielleicht noch Jens. Wir treffen uns alle in der Disco."

„Und wie hast du das mit meinem Alter hinbekommen?"

Linus warf Erasmus grinsend einen Studentenausweis zu. „Dein Foto ist drin. Von heute an bist du Frank Bishop aus Los Angeles, neunzehn Jahre alt. Englisch kannst ja hoffentlich. Alles super gefälscht, sieht verdammt echt aus", grinste ihn Linus an. „Student an der Humboldt Universität, das Beste ist grad gut genug für meinen besten Freund."

„Großartig! Wie hast du das nur geschafft?" Erasmus errötete und zupfte an seinem Kinn.

„Kenn halt ein paar Leute von früher, hab allerdings was springen lassen müssen."

„Wie viel?"

„Ist doch unter Freunden, Frank Bishop, nicht der Rede wert." Linus schnippte mit dem Fingern.

„Danke Nuss, das werde ich dir nie vergessen." Mit Linus hatte Erasmus einen Freund gefunden, wie er es sich immer gewünscht hatte, auf den man sich verlassen konnte. Der mit einem durch dick und dünn ging, auch mal etwas außerhalb der Legalität. Wenn man Freude fühlen kann, war sein Körper in diesem Augenblick ein wogendes Feuermeer, so warm wurde es ihm. Beinahe hätte er Linus fest umschlungen und ihn geküsst. Das hätte sein Freund bestimmt nicht verstanden oder gar missverstanden. Genauso wie in den ersten Tagen, als Erasmus erwähnte: Wir können doch zusammen im Bett schlafen und du brauchst nicht auf dem Boden auf einer dünnen Matratze zu liegen. Es ist genug Platz für zwei. Das Platz für zwei hatte Linus verwirrt, aber er hatte es nur gut gemeint. Seitdem schlief Linus immer auf einem Futon auf dem Boden, Erasmus bekam dessen Bett. Linus meinte verschmitzt, es wäre ja fast wie beim Camping.

„Du, Muste, wollen wir heute Abend in der Disco nicht noch einen draufsetzen?" Dabei machte Linus ein Gesicht wie ein Neunjähriger, der seinen Freund zum Äpfel klauen in einer Kleingartenkolonie überreden will.

„Was meinst du damit?"

„Na bisschen kiffen, ist halt geil inner Disco. Da lassen sie ein in Ruhe, wenn man's nich übertreibt. Machen viele dort, gehört halt für mich dazu. Hast du Lust? Ich rede ja erst mal nicht gleich von Speed oder Ecstasy. Gras kennst doch bestimmt." Linus schaute seinen Freund fragend an. Erasmus war zu überrascht, um sofort antworten zu können.

„Du kiffst?", brachte er schließlich hervor.

„Nee, bin eben kein Kiffer", ärgerte sich Linus. „Aber inner Disco oder mit Freunden for Fun, wenn wir uns mal treffen, das ist schon ne geile Sache. Kiffen passt super zum Discosound." Linus hielt inne und schaute seinen Freund aufmunternd an. „Ich mein, du bist einfach mehr drin, kannst viel mehr erleben. Ist doch nicht dein erstes Mal oder?"

Es würde sein erstes Mal werden. Warum nicht einmal ein bisschen Kiffen versuchen, überlegte Erasmus, wie die anderen in meiner Klasse es schon lange tun. Ist ja eigentlich nichts dabei, weil mein Körper sowieso schon von Drogen zerfressen ist und ich eh in paar Tagen krepieren muss. Was mir alles viel Schlimmeres an Drogen von den Ärzten in den Körper gepumpt wurde, will ich gar nicht erst wissen.

„Ja klar mache ich mit. Wenn wir uns dort was besorgen können, werde ich mich gleich für den Studentenausweis revanchieren." Linus grinste zufrieden und legte die Hand auf Erasmus' Schulter.

„Bring ich lieber mit, in der Disco gibt's nur Mist. Bist ja unersättlich, scheinst es wissen zu wollen. Du Muste, ich fühle irgendwie, das wird deine Abschiedsparty. Ich würd mich ehrlich freuen, wenn wir weiterhin gute Freunde bleiben, auch wenn du irgendwohin verschwindest. Ich denke mal, Mia wäre bestimmt traurig, wenn du einfach wieder abhaust, genauso, wie du plötzlich aufgetaucht bist." Die Worte *Mia*, *Abschiedsvorstellung* und *wenn du abhaust* durchfuhren Erasmus wie ein heißes Messer die Butter. War es das wirklich? Würde am Siebenundzwanzigsten alles vorbei sein, er wieder im Krankenbett liegen und Linus und vor allem Mia für ihn unerreichbar sein. Wieder einmal durchdachte er die Möglichkeit, nicht zu Hein zurückzukehren. Im Augenblick war alles parallel, der Eine im Krankenhaus, der Andere hier.

Wenn der Eine im Krankenhaus starb, was passierte dann mit dem anderen. Würde er nicht ebenfalls wegen der Parallelität sterben müssen? Vielleicht bei einem Verkehrsunfall.

„Wie kommst du auf so etwas, Nuss? Wieso verschwinden." Erasmus hatte sich wieder gefasst. „Ich habe nicht vor, abzuhauen. Ich bin ja schließlich alt genug, um mal zu kiffen. Ist was Normales, in der Schule harzen bei uns schon die fünfzehnjährigen." Das Wort harzen kannte er vom Fernsehen, denn in der Schule hatte er sich wegen seiner Krankheit lieber von den Drogenkids ferngehalten.

„Na, weil du noch nicht mal rauchst und auf einmal kiffen willst. Als wolltest du zum Schluss noch mal ordentlich die Sau rauslassen. So was macht man höchstens zum Abschied, wie beim Junggesellenabschied, wenn man es noch einmal richtig wissen will, es krachen lässt."

„Ich habe schon geraucht", beeilte sich Erasmus zu sagen und wurde dabei rot. „Nur, ich hatte einige Zeit lang keinen Bock darauf und ich habe es mir inzwischen abgewöhnt."

Kiffen. Es kam Erasmus vor, als wollte er zum ersten Mal in eine geheimnisvolle Unterwasserwelt eintauchen, um deren Geheimnisse zu ergründen, ohne überhaupt schwimmen zu können. Werde ich mich nicht dabei vor Linus blamieren, durchfuhr es ihn, bestimmt auch vor Mia. Mein letztes Rauchen oder viel mehr verrauchtes Husten war vor etwa fünf Jahren gewesen. Unser Klassengorilla Robert hatte mich ausgelacht und als Anfänger gehänselt. Eine Zeit lang hatten alle Anfänger zu mir gesagt, bis es allmählich abklang.

„Ach, rede keinen Unsinn von Abschied, du Kopfnuss. Ich habe einfach Lust zum Kiffen. Jetzt gib mir eine von deinen Kippen. Ich habe grade richtig Bock, mal wieder eine zwischen meinen Lippen zu spüren." Kippe war wieder ein Wort, das er erst von Linus gelernt hatte.

Linus warf ihm seine Zigarettenschachtel zu. „Wenn du willst, okay, brauchst aber nicht. Du kannst inner Disco ohne rauchen oder kiffen genug Spaß haben. Nur wenn du willst, lass ich dich mal ziehn, damit du merkst, wie es anders ist. Mia kifft eigentlich nicht, nur dran ziehn mag sie schon mal ganz gerne." Linus legte den Arm auf Erasmus Schulter. „Daniel kifft nie, der zieht lieber den Gehirntod durch Alkohol vor. Wirst ja nachher erleben." Linus lachte, wurde aber augenblicklich ernst. „Das mit dem Kiffen ist nämlich sone Sache. Das muss man können. Wenn du beim Kiffen keinen Flash merkst, also alles um dich einfach so bleibt, wie es ist, liegt das allein an dir, weil du unbedingt was Geiles erwarten willst, und nicht am Joint. Kiffen ist eben keine Sache vom Wollen, sondern du musst dich in die Droge hineinversetzen können. Wenn du das nicht kannst und immer ziehst und ziehst, aber trotzdem nix fühlst, bauste zum Schluss nur Scheiße und musst kotzen."

Erasmus dachte darüber nach. Sein Freund hatte sicherlich recht, er selbst hatte einfach keine Erfahrungen mit kiffen. „Okay, Haselnuss, lass mich nachher in der Disco ziehen. Ich werde schon nicht gleich umfallen. Wenn es mir gefällt, rauche ich mal eine Tüte mit." Tüte, wieder ein Wort aus einer Welt, die er bisher versäumt hatte. Erasmus schob die Zigarettenschachtel zurück zu Linus, der sie mit einem selbstzufriedenen Lächeln einsteckte.

„Und du bist sicher Muste, nee Frank Bishop", wollte Linus mit einem listigen Lächeln wissen, „dass heute Abend nichts passiert, kein Terroranschlag wie auf der Rambla?" Linus kniff die Augen zusammen und fixierte sein Gegenüber. „Wenn ich mit dir bin, kann mir ja eigentlich nichts passieren, wie am Sonntag nach Lollapalooza, wo ich heil nach Hause gekommen bin und die anderen nicht."

„Das weiß ich nicht, es kann ja immer mal was passieren. Ich hoffe mal nicht." Erasmus erinnerte sich an den Terroranschlag in Paris im November 2015 wo im Konzertsaal Bataclan eine seiner Lieblingsbands Eagles of Death Metal spielte und nahezu neunzig Besucher starben. Damals war er wieder einmal aus dem Krankenhaus zur Rekonvaleszenz entlassen worden und hatte sich furchtbar über die Grausamkeit in der Welt draußen erschreckt, die er in seiner heilen Krankenhauswelt gar nicht kannte. Dass für heute etwas im Fernsehen gebracht worden war, daran konnte er sich nicht erinnern.

„Du, Erdnuss, das mit dem Studentenausweis war wirklich super von dir, danke!" Linus hat mir mit seinen beschränkten Mitteln einen Studentenausweis beschafft, überlegte Erasmus beschämt. Einfach, damit ich einen Monat früher in die Disco gehen kann. Was hat sich mein Freund wohl bei so einem Wunsch gedacht? Dass ich ein elender Egoist bin? Oder ist das echte Freundschaft? Erasmus hielt einen Augenblick in seinen Überlegungen inne, ehe er weitersprach. „Sag mal du Walnuss, ich hab von Mia gehört, du spielst am Samstag immer Lotto." Er hatte schon eine Zeit lang darüber nachgedacht, seinem Kumpel eine Freude zu bereiten. Es war so weit, ein Dank war fällig. Der Abschied war ja nicht mehr fern. Linus hatte ihm kurz nach ihrem ersten Treffen anvertraut: Wenn ich den Meisterbrief schaffen will, und das will ich wirklich unbedingt, brauche ich Kohle. So ist die beschissene Welt beschaffen. Aber ich habe sie nicht gemacht.

Deswegen bleibe ich mein Leben lang son beschissener Handlanger. Ist halt mein Schicksal. Da kann man nichts machen.

„Ja, mach ich, spiele nahezu jede Woche. Ich warte immer noch auf den Hauptgewinn. Die Hoffnung stirbt zuletzt. Das Sprichwort kennst du doch. So ist es bei mir auch." Linus lachte, zupfte sich am Ohr und zündete sich zufrieden eine Zigarette an.

„Hast du eigentlich ein System", fragte Erasmus. „Ich meine, nimmst du immer die gleichen Zahlen oder wie machst du das eigentlich."

„Nö, grad wies mir kommt, immer der Nase nach. Hab's mal mit eim System versucht, brachte aber nichts."

„Ich hätte mal wieder Lust, Lotto zu spielen. Wollen wir beide jeder ein Spiel tippen, was meinst du, Nuss?" Durch Linus' Gesicht ging ein Zucken. Er starrte seinen unheimlichen Freund für einige Sekunden an, ehe er seine Sprache wiederfand.

„Wieso das denne, Frank Bishop?"

„Einfach so, ich habe Lust dazu."

„Und welche Zahlen willste tippen?"

„Das weiß ich nicht. Ich müsste mir mal was überlegen."

„Überlegen? Hast keine auf Lager?" Genau das hatte Erasmus. Er brauchte sich keine Zahlen zu überlegen, er hatte sie im Kopf. Die Gewinnzahlen am sechszehnten September waren: 21 – 26 – 27 – 31 – 35 – 47. Auch die Zusatzzahl wusste er noch, es war die Neun. Es waren verrückte Zahlen gewesen. 21 und 26 standen auf dem Nummernschild vom BMW seines Vaters, 27 und 31 auf dem vom Polo seiner Mutter, 354 war sein Mopedkennzeichen und dann noch die 9. Er war neun Jahre alt gewesen, als er für drei Wochen ins Krankenhaus musste. Danach hieß es, jetzt ist alles in

Ordnung. War es aber nicht. Als er die Zahlen damals im Fernsehen sah, fühlte er sofort, dass sie eine Bedeutung für ihn haben mussten. Diese Zufallszahlen konnten kein Zufall sein. Im Krankenhaus gab es nichts zu tun, und wenn er nicht dahindämmerte, verschlang er gierig alles, was ihm sein Computer von der Welt draußen zu futtern gab. Manches vergaß er wieder, diese Zahlen hatten sich jedoch in sein Gedächtnis eingemeißelt.

Allerdings würde der Gewinn nicht in die Millionen gehen, denn am Sechzehnten gab es keine sechs Richtige. Dass er das ändern könnte, war unmöglich. Das Ergebnis lag ja inzwischen über eine Woche zurück, war im Internet einzusehen und stand in allen Zeitungen. Heute war eigentlich schon der Siebenundzwanzigste, er erlebte die Zeit noch einmal von hinten. Also genau wie bei dem Attentat auf der Rambla. Erasmus wusste davon, er konnte es jedoch nicht mehr verhindern. Vergangenheit war Vergangenheit, da war nichts zu ändern. Um die fünfzehntausend Euro sollten es dennoch für Linus werden, da war sich Erasmus sicher. Mit einem Millionenbetrag ist mein Freund bestimmt überfordert, beruhigte er sich. Denn mit dem Hype um einen Millionengewinn wäre sein Geheimnis sicherlich aufgeflogen. Das wollte Erasmus Hein nicht antun. Die Zahlen waren das Letzte, an was er sich noch klar erinnern konnte, danach hatten seine Gehirnzellen allmählich damit angefangen, sich eine nach der anderen für immer abzuschalten.

„Ich denke", antwortete Erasmus, „einfach auf gut Glück tippen ist das Beste. Das hat meist Erfolg. Oder was meinst du?"

„Ach mach's einfach auf gut Glück. Nimm eben irgendwelche Zahlen", Linus überlegte einen Augenblick, „die dir vorschweben." Vorschweben, das war das Wort, nachdem er gesucht hatte und von dem er sicher war, es passte zu seinem Freund.

„Ja, okay, machen wir Muste. Also jeder füllt ein Spiel aus und wenn wir was gewinnen, machen wir halbe-halbe."

„Das könnten wir machen. Aber ich find das nicht gut, du Kopfnuss. Ich habe einen ganz anderen Vorschlag. Machen wir's einmal so: Wenn du gewinnst, bekomme ich alles, falls ich gewinnen sollte, bekommst du eben meinen Gewinn. Ich denke, das macht man so unter guten Freunden. Das habe ich mal irgendwo gelesen."

Linus erahnte Erasmus' Gedanken. Sein Freund würde für ihn spielen und seinen Gewinn würde er bekommen. Wollte ihn Erasmus etwa zum Lottomillionär machen, oder wollte er ihm vielmehr zeigen, wenn er verlor, dass alles bisher einfach nur Zufall gewesen war. Erasmus eben doch kein unheimlicher Freund, sondern ein stinknormaler Junge war. Der Ausgang würde etwas über seinen Freund aussagen. Darauf war Linus gespannt.

„Okay, Mr. Bishop, machen wir's so. Ich bin dabei." Die beiden Freunde schüttelten sich so heftig die Hände, dass ihnen die Schultern wehtaten, ehe sie endlich aufhörten. „Nun auf zu einem tollen Discoabend, Muste, ach nein, Mr. Frank Bishop, Student aus den USA", grinste sein Freund. Erasmus war zufrieden, er hatte erreicht, was er wollte.

Als sie in Linus' Stammkneipe ankamen, ging es bei einem Bier vom Fass zuerst ans Ausfüllen des Lottoscheins.

„Fang du an Muste."

Erasmus zögerte einen Augenblick, ehe er mit dem Kugelschreiber sechs Zahlen ankreuzte: 21 – 26 – 27 – 31 – 35 – 37. Damit hatte Linus fünf Richtige und die Welt blieb im Lot.

„Und als Zusatzzahl?", löcherte ihn Linus. Erasmus stockte, wählte dann die Neun. Linus blickte lange auf die angekreuzten Zahlen. Was würde das Resultat sein? Wenn's wie beim Fußballspiel war, wäre es ja nicht schlecht. Mit paar Millionen kauf ich mir einen Ferrari, oder gleich zwei, träumte Linus. Vielleicht ne schicke Yacht und was sonst noch? Ein kleines Schloss mit privatem Swimmingpool und privatem Kino? Und Arbeiten? Nein, danke, das brauche ich dann nicht mehr.

Endlich nahm er den Kugelschreiber aus Erasmus' Hand und füllte seine Kästchen aus. Linus verglich die Zahlen, so weit auseinander lagen sie nicht, eine hatten sogar beide getippt.

„Super, das haben wir geschafft. Ich bin gespannt, was dabei rauskommt." Linus war in Bombenstimmung. „Noch jeder ein Bier mit nem Klaren, danach zischen wir ab zur Disco."

Kapitel 14

Als der farbige Türsteher sich vor Erasmus aufbaute, ihn anhielt und den Studentenausweis mit Stirnrunzeln überflog, fürchtete Linus für einen Augenblick, dass die Fälschung aufflog. So perfekt war sie doch nicht.

„Du bist aus Cisco, cool! Hey, Mann, wo wohnst du denn da?", wollte der Türsteher mit breitem amerikanischem Akzent wissen. Linus bekam einen furchtbaren Schreck. Er hatte nicht damit gerechnet, dass Erasmus in ein Gespräch verwickelt werden könnte.

„South Beach", war Erasmus' Antwort, die wie ein Pfeil geflogen kam.

„Cool, Frank. Bist du etwa ein Fan von den San Francisco Giants?" Als Erasmus nickte und das V-Zeichen machte, ging es im für Linus unverständlichen Amerikanisch weiter. „Ich bin ein Fan von Nick Hundley, der ist der Beste von allen", und dabei zeigte der Farbige seine schönen weißen Zähne.

„Yea he is great, ja, der ist wirklich toll! Den mag ich am liebsten", konterte Erasmus. Linus war erleichtert, dass sein Freund das unverständliche Englisch parieren konnte, dennoch versuchte er, seinen Kumpel vom Türsteher wegzuziehen. Hoffentlich fängt der Kerl nicht an, mit Muste über San Francisco zu quatschen, oder über Baseball, durchfuhr es ihn.

Der stämmige Farbige legte Erasmus die Hand auf die Schulter und ließ ihn mit einem „have a good time" passieren. Linus verstand nicht, was los war. Was auch immer, es war gut gegangen. Erasmus hatte es mit seinem Kindergesicht und der tief über die nicht vorhandenen Augenbrauen gezogenen Mütze in die Disco geschafft.

„Wie biste überhaupt auf South Beach gekommen? Warst etwa mal in San Francisco?

„Nein, ich war noch nie dort. Weißt du, wenn man ewig im Krankenhaus liegt, zappt man schon mal aus Langeweile durch alle Kanäle. Du, dabei bleibt einiges hängen. South Beach ist der Name von einem Stadtteil. Ich kenne den Namen auch nur, weil dort das Baseballstadium von den San Francisco Giants ist. Und das weiß ich, weil ich im Fernsehen einmal ein langweiliges Baseballspiel gesehn habe. Siehst du, wie Fernsehen bildet", lachte Erasmus in Linus' erstauntes Gesicht.

Wieder die blöde Krankenhausstory, ärgerte sich der. Hat der Kerl nichts anderes auf Lager? Allmählich könnte er ja mal ausspucken, was Sache ist.

Im Eingangsbereich der Disco trafen sie auf Mia. Sie hatte eine Freundin mitgebracht, die unerwartet aus München zu Besuch gekommen war. Bei ihnen standen ihr Bruder und der langhaarige Jens, der mit seiner Freundin gekommen war. Mia hatte ein dicht anliegendes Minikleid an, bläulich schimmernd, das ihrem Busen viel Luft zum Atmen gab. Die rotbraunen Haare hatte sie offen. Ein für Erasmus undefinierbarer Duft umgab sie, ähnlich wie dem in der ersten Etage vom KaDeWe Kaufhaus. Er mochte ihn.

Sie begrüßten sich alle sieben mit einer festen Umarmung und es ging ab in den Saal. Beim Betreten bekam Erasmus zunächst keine Luft. Die für ihn viel zu laute Musik und die umherschwirrenden Farben über und unter den tanzenden Schatten erdrückten ihn.

Das war also eine Disco! Erasmus war bewusstlos vor Freude. Ja, ich bin endlich mitten im Geschehen! „Danke Hein!", stieß er unvermittelt hervor. Linus schaute seinen Freund verwirrt an. Wie kam der plötzlich auf Hein?

Frau Baumann fühlt einen sanften Druck auf ihrer rechten Schulter. Erschreckt fährt sie hoch. Als sie die Augen öffnet, erblickt sie im bläulichen Gegenlicht die Konturen eines Mannes, ihres Mannes.

„Hallo", flüstert ihr die über die letzten Monate stumpf gewordene Stimme zu.

„Da bist du ja endlich, Herbert." Sie richtet sich von der Liege auf und umarmt ihren Mann, drückt ihn fest an sich.

„Entschuldigung Liebes", flüstert er. „Das Flugzeug hat sich verspätet. Als ich endlich im Krankenhaus ankam, war es schon kurz nach vierundzwanzig Uhr. Ich habe vorhin Schwester Hildegard getroffen und kurz mit ihr gesprochen. Sie machte ein sehr betrübtes Gesicht. Sie will nachher noch vorbeischauen."

„Ich weiß, aber nun bin ich erleichtert und freue mich, dass du hier bist. Erasmus schläft seit ein paar Stunden. Wie mir der Pfleger gesagt hat, haben sie ihm wieder Morphium gegeben."

Ihre Blicke wandern zu ihrem Sohn, der ruhig daliegt. Neben ihm sitzt über ihn gebeugt der Pfleger Hein. Seine Lippen bewegen sich, es scheint, als sprechen sie zueinander, aber es ist nichts zu hören.

„Der Pfleger meinte", Frau Baumann unterdrückt ihre in die Augen drängenden Tränen, „wir müssen die nächsten Stunden abwarten, die sind entscheidend, ob er auch diese Nacht noch überlebt. Eri ist sehr schwach geworden. Er sagte, Professor Bernhard hat sich für den frühen Morgen angekündigt und der Stationsarzt steht jederzeit bereit."

„Ich weiß Liebes, Schwester Hildegard hat mir eben auch wenig Hoffnung gemacht. Wir müssen es nehmen, wie es kommt."

„Du, Herbert, ich habe nachgerechnet. Heute sind es sechzehn Tage, seitdem die Behandlung abgesetzt worden ist und er zum ersten Mal Morphium bekommen hat." Frau Baumann hält für einen Augenblick inne. „Weißt du noch, Herbert, wie glücklich unser Sohn aussah, als er die Spritze bekam und seit langer Zeit ganz ohne Schmerzen war. Fast schien er zu lächeln, beinahe war es schon sein Grinsen, das ich immer gerne gesehen habe. Nein, gerne immer noch sehe", fügt sie schnell hinzu. Noch ist Erasmus nicht Vergangenheit.

Herr Baumann schmunzelt, aber seine Augen sind feucht. Er muss die Zähne zusammenbeißen. "Ob er damals begriffen hat, dass er bald sterben muss?"

„Ich hoffe nicht, Herbert, er hatte immer noch so eine Sehnsucht zu leben. Erinnerst du dich noch, wie sehr er sich auf die verrückte Band, ich glaube es waren die Foo Fighters oder wie die hießen, freute, schon Karten bestellt hatte und schließlich nicht hingehen konnte. Wie hätte ich es ihm gewünscht."

„Ja, ich hätte es ihm auch gewünscht. Das ist eben seine Musik."

„Wie froh war ich damals", flüstert Frau Baumann, "als ich seine warme Hand in meine nahm. Ich hatte das Gefühl, als drückte er sie mit seinem Daumen."

„Ich erinnere mich gut an den Tag. Wir waren beide bei ihm. Du hast ihm die ganze Zeit die Hand gehalten, als wenn du ihn nicht fortgehen lassen wolltest. Sicher hast du dich nicht getäuscht. Er weiß genau, dass wir ihn niemals im Stich lassen, unseren Jungen. Auch heute Abend nicht."

„Bisher hat er sich tapfer gehalten, doch der Professor meinte vorgestern, dass Erasmus sehr schwach geworden ist und gestern, dass ich heute Nacht besser bei ihm bleiben sollte und dich unbedingt holen muss." Frau Baumann unterbricht sich. „Ob er uns hören kann?" Sie blickt hinüber zum Pfleger. „Stört unser Gespräch nicht, sollten wir lieber schweigen?"

„Nein, ich glaube nicht. Unterhalten Sie sich gerne weiter. Ich denke, Ihre Stimmen beruhigen ihn."

Herr Baumann umarmt seine Frau. „Wir müssen tapfer sein."

„Ist das das Ende?" Sie drückt ihren Mann fester an sich, ihr Zittern bleibt. „Wenigstens hat er keine Schmerzen mehr, seitdem er Morphium bekommt. Ob unser Eri noch etwas durchhält?" Ihre Augen sind feucht, ihr Kinn zittert, sie kann den Tränenfluss nicht mehr stoppen.

„Wir können nichts mehr für ihn tun außer beten", flüstert Herr Baumann. Wie er auf diesen Satz gekommen ist, weiß er selbst nicht. Wenn er ein Gebet gewusst hätte, hätte er natürlich gebetet, doch seit seiner Kindheit ist schon zu viel Zeit vergangen. Er kann nur noch stumm seine Hände ineinanderlegen.

Genauso hatte Erasmus sich eine Disco vorgestellt. Absolut irre, mit zuckenden Lichtern, überlauter Musik und rhythmisch tanzenden Konturen. Mal waren die Schatten gelb, kurz darauf blau und schon wieder rot. Oder alles durcheinander. Auch auf Mias Gesicht tanzten die Farben. Die ihn seit Wochen immer wieder quälenden Schmerzen hatte er im Farbenrausch vergessen, sein Körper war leicht wie eine Feder. Er konnte nicht anders als grinsen, wobei seine Mundwinkel fast die Ohren berührten. Mias Bruder schlug vor, mit seiner Schwester für alle eine Ladung Vodka Redbull zu organisieren, was mit Applaus begrüßt wurde.

„Ja super, aber nur zum Einstand, nachher lieber was Alkoholfreies," platzte Jens in die Runde. „Wir wollen uns hier ja nicht besaufen, sondern einfach mega Spaß haben."

„Genau," ergänzte Linus. „Musik klingt eben bekifft besser als besoffen", fügte er etwas leiser hinzu, wobei er Jens zuzwinkerte. Als Daniel und seine Schwester verschwunden waren und Linus mit Mias Freundin zum Tanzen gegangen war, legte Jens seinen Kopf schief und rückte näher an Erasmus heran.

„Was hast eigentlich ausgefressen, Muste?" Dabei schleuderte er sich die Haare aus den Augen, strich sich über die Lippen und sah ihn fragend an.

„Ausgefressen?" Erasmus ahnte, was auf ihn zukam.

„Na, Nuss hat mir mal erzählt, dass du wohl vom Knast abgehauen bist, also musst doch was ausgefressen ham, sonst kommst da ja nicht so einfach rein." Jens' Freundin rückte näher. Erasmus wusste nicht, was er antworten sollte. Vielleicht war es ganz gut, eine Geschichte zu erfinden, um seinem plötzlichen Dasein einen Grund zu geben.

„Ich habe nichts Besonderes angestellt, halt mal was gestohlen." Mehr fiel im erst einmal nicht ein. Ich hätte wohl lieber klauen sagen sollen, ermahnte er sich. Ich muss mich mehr in die Geschichte hineindenken.

„Bestimmt nicht nur eine Tafel Schokolade", kicherte Jens Freundin. Erasmus kam ins Rudern, er wusste nicht weiter. Sie hatte natürlich recht, dafür kam man nicht ins Gefängnis. Erasmus erinnerte sich an einen Bericht im Fernsehen über Ladendiebstahl, und in dem Augenblick hatte er seine Story.

„Na ja, halt ein paar externe Festplatten, die sind leicht einzustecken, die hatten eben keine Warensicherung. Das geht ganz einfach. Für Laptops habe ich mir einen mit Alufolie präparierten Rucksack besorgt und halt eingesackt, was da so alles stand." Eingesackt, ein Wort, das er erst von Linus gelernt hatte. Erasmus wurde rot. Er konnte selbst nicht glauben, was er für einen Unsinn spann. „Verkauft habe ich die Sachen bei einem Typen am Bahnhof und auch in der Schule. Dort gab es immer Abnehmer. Ich habe es sogar auf Bestellung gemacht und hatte einen guten Verdienst dabei. Einmal hat selbst son … Pauker von mir gekauft." Beinahe hätte er Lehrer gesagt.

Ich muss auf meine Worte aufpassen, ermahnte er sich wieder. Ob ich nicht zu heftig aufgetragen habe und die beiden solchen Quatsch wirklich glauben, dachte er.

„Uiii!", stieß Jens' Freundin hervor. „Ganz schön krass."

„Ja, das war dumm von mir, das mache ich bestimmt nicht wieder. Ich brauchte damals Geld. Aber dafür im Gefängnis zu sitzen, dazu hatte ich eben keine Lust. Ich konnte abhauen, ehe die mich eingebuchtet haben."

„Wo war das?" Erasmus stockte.

„In Mainz." Mainz fiel ihm ein, weil er einmal als Kind mit seiner Mutter beim ZDF war, als sie dort Aufnahmen machte. „In so einem Elektronikshop." Erasmus blickte die beiden an. Was würde Mia dazu sagen und ihr Bruder und die anderen. Vielleicht würden sie so einen elenden Verbrecher aus ihrer Gruppe herauswerfen. Dagegen war ja Linus gelegentliches Klauen nur Babysache. „Das braucht ihr nun bestimmt nich überall rumerzählen, es war ja keine Heldentat." Erasmus bereute sein dummes Gerede. „Ich möchte nicht, dass Mia davon etwas mitkriegt oder die anderen." Er blickte beiden bittend in die Augen.

Als Mia und ihr Bruder mit den Getränken zurückkamen, nickte Jens mit seinem Pickelgesicht Erasmus verschwörerisch zu. Daniels Blick streifte über die drei.

„Wo ist Linus?"

„Der ist mit Mias Freundin beim Tanzen", antwortete Jens. Die fünf stießen an, der Abend konnte beginnen. Erasmus bekam Lust zum Tanzen und schaute sich um. Jeder tanzte anders und doch gleich. Sie bewegten sich einfach zur Musik, die niemals endete.

Wenn ich im Rhythmus bleibe, wird es schon klappen, beruhigte er sich. Im Rhythmus zu bleiben, das sollte für mich eine Leichtigkeit sein, denn Rhythmus und Takt habe ich bei meiner Mutter von Kindheit an mitbekommen.

Kurz entschlossen nahm er Mia bei der Hand, die ihm wunderlich warm vorkam, drückte sie fest mit dem Daumen und schlängelte sich durch die Menge. Besser, wenn die drei anderen erst einmal nicht sehen, wie ich hier ungeschickt rumstolpere. Mia wird das schon verstehen, sie weiß, dass mein anderes Ich im Krankenhaus liegt und niemals die Gelegenheit hatte, zu tanzen oder eine Disco zu besuchen. Zu Erasmus' Erstaunen ging es mit dem Tanzen gar nicht schlecht, und er wurde mutiger.

„Ich mag deine Bewegungen und wie toll du im Rhythmus bleibst." Mia strahlte Erasmus mit verschmitzter Miene an.

„Das liegt nur an dir, Mia, wir passen halt gut zusammen. Ob küssen beim Tanzen erlaubt ist?"

„Ja, aber nur, wenn du dabei nicht aus dem Takt kommst."

Als beide verschwitzt und aufgedreht zurückkehrten, war Linus wieder zurück. Mias Bruder und Jens mit seiner Freundin vergnügten sich auf der Tanzfläche. Erasmus torkelte noch benommen vom Tanzen zu seinem Platz.

„Na Muste, hast Spaß gehabt?"

„Ja und wie. Warum tanzt du Nuss nicht mehr?"

„Hab grad kein Bock. Hab euch beide beobachtet, war einfach super, wie ihr zusammen getanzt habt. Machst das ja toll, Muste." Erasmus trank den Rest vom Vodka Redbull in einem Zug aus und sofort zerrte er wieder Mia auf die Tanzfläche. Linus hatte ihm Mut gemacht.

Als Mia später mit Jens' Freundin tanzte und auch ihr Bruder mit ihrer Freundin unterwegs war, teilten sich Linus und Jens mit zusammengekniffenen Augen einen Joint. Erasmus war erschöpft vom vielen Tanzen, streckte sich und war in allen seinen Gliedern zufrieden. Er schaute den beiden einen Augenblick zu, der süßliche Geruch ließ ihn nicht zur Ruhe kommen. Als Linus ihm den Joint anbot, griff er zu und zog. Lungenzug.

„Du musst den Rauch möglichst lange inhalieren, ermahnte ihn Linus. Erasmus hielt ihn, bis seine Lunge zu explodieren schien und ihm der Rauch nicht allein aus dem Mund, sondern zu seiner Überraschung sogar aus der Nase strömte. Er war froh, das Zeug endlich losgeworden zu sein und wartete auf die Wirkung der Droge. Nichts geschah. Linus nahm ihm den Joint ab und reichte ihn an Jens weiter. „Lehn dich zurück,

Muste, denk an nichts. Lass dich von der Musik einfach umspülen." Dabei drückte er seinen Freund tief in das Sofa, auf dem sie saßen. „Das war noch nichts, du warst zu aufgeregt. Zieh noch mal richtig durch, dann warte ganz in Ruhe auf den Flash." Jens reichte Erasmus erneut den Joint. Der zog langsam, hielt den Rauch lange in seinen Lungen, ehe er ihn vorsichtig heraus blies. Er wurde ruhig, schloss die Augen, dachte an nichts. Ganz allmählich schien sich der Raum mit den Tanzenden um ihn zu drehen, zuerst nicht schnell, doch nach ein paar Sekunden immer schneller. Erasmus hielt sich an Mias warmer Hand fest, damit er nicht die Balance verlor, und drückte sie fest mit seinem Daumen. War das nicht wunderbar. Um ihn herum tanzten inzwischen kleine rosa Elefanten.

Erasmus Eltern gehen Hand in Hand zum Krankenbett. Da liegt ihr einziger Sohn, Erasmus, nur noch Haut und Knochen und dennoch mit einem zufriedenen Gesichtsausdruck.

„Ihr Sohn ist in einem tiefen Schlaf, er ist noch in einer anderen Welt", raunt der Pfleger Hein den beiden zu.

An was er wohl in diesem Augenblick denkt, fragt sich Frau Baumann, als sie ihren Sohn friedlich daliegen sieht. Als ob der Pfleger ihre Gedanken erraten hätte, fährt er fort: "Vielleicht denkt er an seine Freundin, in dem Alter ist er ja." Frau Baumann seufzt. Sie weiß, ihr Sohn hat nie Zeit gehabt, eine Freundin zu finden, eine grausame Krankheit hatte ihm diese Chance genommen. „Vielleicht die nette junge Dame, die ihn bald nach seiner Einlieferung besucht hat. Ich habe mir gleich gedacht, dass sie sicher seine Freundin ist", führt der Pfleger das Gespräch fort.

„Erasmus hatte Besuch von einer Frau?"

„Ein nettes Mädchen, vielleicht zwei oder drei Jahre älter als Ihr Sohn." Der Pfleger lächelt Erasmus' Eltern an. „Sie hat ihn noch einige Male besucht und einmal sogar einen Blumenstrauß mitgebracht."

„Einen Blumenstrauß?"

„Ja, einen Strauß wunderschöner Lilien."

Für einen Augenblick herrscht Stille im Raum. Wenn sich ihr Sohn überhaupt etwas aus Blumen machte, waren es Lilien. Zu seinem Geburtstag stand immer ein großer Strauß auf dem Esstisch. Wenn sie meinem Sohn Lilien bringt, überlegt Frau Baumann, muss sie viel über ihn wissen, mit ihm irgendwie verbunden sein. Sie blickt ihren Mann fragend an. „Weißt du davon?"

Herr Baumann schüttelt betrübt den Kopf. „Wenn ich mich mehr um Erasmus gekümmert hätte, vielleicht. Aber es ist zu spät, wie immer im Leben alles zu spät ist." Er presst seine zitternden Lippen fest aufeinander.

„Ich habe doch nie Blumen bemerkt, außer denen, die ich ihm ab und zu ans Bett gestellt habe. Wann war der Besuch der Dame?"

„Anfang des Monats, glaube ich, Frau Baumann." Hein legt seine Stirn in Falten. „Sie sprach damals etwas von einem Musikfestival und sie bringe ihm die Blumen, damit er hier nicht so einsam ist."

Musikfestival? Etwa das Musikfestival, wo seine Lieblingsband Foo Fighters aufgetreten ist, über das sie mit ihrem Mann vor wenigen Minuten noch gesprochen hatte? Woher wusste das Mädchen davon? Frau Baumann wurde unruhig.

„Ich war jeden Tag hier, aber ich habe niemanden getroffen und nie einen fremden Strauß Lilien gesehen. Wann hat sie ihn denn besucht?"

„Der Besuch der netten jungen Dame war immer sehr kurz, gegen Abend, wenn Sie bereits nach Hause gegangen waren und kurz vor der Abendvisite."

„Nach der Besuchszeit?"

„Ich habe gedacht, das geht bei seiner Freundin in Ordnung."

„Wie sieht sie aus?" Frau Baumann wollte mehr über das Mädchen wissen.

„Sie ist etwa einen Meter fünfundsiebzig groß, hat rotblonde Haare, zum Pferdeschwanz gebunden, und hellblaue Augen, eigentlich mehr hell als blau." Eigentlich mehr hell als blau. Frau Baumann hatte diese Augen schon einmal gesehen, sie wusste zuerst nicht, wo. Nach kurzem Nachdenken fiel ihr der Abend in der Philharmonie ein.

„Wenn sie spricht, sieht man ihre Schneidezähne, die etwas schief stehen?"

„Ja", bestätigt Hein. „Genauso ist es. Es sieht sehr niedlich aus."

„Meinen Sie nicht die Praktikantin von Professor Bernhard? Ich glaube, ich habe sie einmal getroffen." Frau Baumann fährt ein Schreck durch den Körper. Hatte sich etwa die Praktikantin an ihren Sohn herangemacht, der wehrlos im Bett liegt? Sie wusste von seinem Muttermal am rechten Oberschenkel!

„Nein, das kann nicht sein, Frau Baumann, Herr Professor Bernhard hat keine Praktikantin. In dieser Station werden weder Praktikantinnen noch Praktikanten beschäftigt.

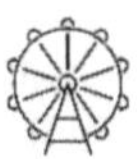

Gegen drei Uhr war Erasmus vom vielen Tanzen müde geworden, aber gehen wollte er auf keinen Fall. Vom Alkohol hatte er sich bisher mit mehr oder weniger Erfolg ferngehalten, der Rausch nach dem ersten Kiffen war noch nicht ganz verflogen, er war in absolut bester Stimmung. Daniel brachte mit Jens eine neue Runde Vodka Redbull.

„Also Leute", lallte Daniel, „wenn wir den weggeputzt haben, ist die Lösung: Good bye, Arrivederci, Sayonara." Die Runde prostete sich zu. „Es ist fast drei! Wenn es sein muss", und dabei grinste er alle an, „nehmen wir nachher zum Abschluss halt noch einen Absacker!"

Als sich Linus mit Erasmus nach einer Stunde vor der Diskothek von den anderen verabschiedet hatte, schlenderten sie im Licht des halben Mondes in Richtung von Linus' Apartment. Mia hatte diese Nacht ihre Freundin aus München zu Besuch und machte beim Abschied in der Disco ein betrübtes Gesicht, während sie mit ihrer linken Hand ein Plappermaul darstellte. Erasmus konnte dort nicht übernachten.

„Ich komme heute wieder mal zu dir, wenn's dir recht ist."

„Klar kannst du heute bei mir bleiben, wenns bestimmt auch nicht so sexy wird wie bei Mia." Dabei legte Linus seinen Arm um Erasmus und kniff ihn in den Nacken. Er zündete sich eine Zigarette an, inhalierte und pustete den Rauch in die Morgenluft. „Bist happy, Muste?"

„Ja und wie. Es war ein toller Abend. Ich bin froh, dass ich so etwas erlebt habe. Das muss man vielleicht nicht unbedingt, dennoch hätte ich eigentlich Lust auf mehr gehabt." Für einen Augenblick liefen die beiden Freunde stumm nebeneinander her.

„Was denkst du eigentlich über den Tod, Nuss?"

„Wie kommst denne überhaupt auf so was, das ist doch nichts für uns." Hat das Dope etwa meinen Freund in eine Depression getrieben. Es waren doch nur ein paar Züge. Linus machte sich Vorwürfe, denn jemanden zum Drogenkonsum zu überreden war nicht toll. Und Muste war sein Freund!

„Einfach so, es kam mir gerade in den Sinn." Erasmus ärgerte sich über seine Frage, die ihn in den letzten Stunden immer wieder beschäftigt hatte. Was einmal ausgesprochen war, war nun nicht mehr zurückzuholen.

„Hast du noch etwas Stoff?", versuchte Erasmus abzulenken. „Ich würde gern noch einmal. Ich bin auf den Geschmack gekommen. Alles um mich war irgendwie heller, fröhlicher, geiler geworden."

„Na das hab ich dir doch versprochen." Linus war erleichtert. „Ich hab noch ein für uns beide aufgehoben. Magst du ehrlich?" Damit zog Linus aus einer flachen Blechschachtel einen zerknitterten Restjoint hervor. "Ist aber ausschließlich zum Abgewöhnen", grinste er Erasmus an und legte seinen Arm fest um ihn.

„Ich mein, man weiß ja eigentlich nie, wann man stirbt", brach es aus Erasmus hervor. Er kam von diesem Thema einfach nicht los. „Wenn du weißt, dass du in einer Woche stirbst, was würdest du in der Zeit noch machen wollen? Ist halt nur eine Frage, nichts weiter."

Linus hielt den Atem an. Muste hat mich nach langer Zeit wieder Linus genannt, nicht Nuss, Walnuss oder Haselnuss oder was er noch alles so Lustiges erfindet. Warum, grübelte er. Etwas steckte dahinter, nur was. Er fühlte ein ungesundes Kribbeln im Magen.

„Also Muste, was ich mache, weiß ich erst, wenn ich genau weiß, dass ich in einer Woche abkratze. Und das weiß ich jetzt ja noch nicht." Damit hatte er sich geschickt aus der Frage herausgewunden. „Und du?"

Erasmus schwieg. Beide setzten sich auf eine Parkbank und streckten die Füße weit von sich. Linus zündete den Joint an. Er sog den Rauch in sich und reichte das Dope seinem Freund.

„Muste, denk an nichts, mach dich frei von allem, was dich bedrückt. Lass es dir einfach gut gehen. Und denke daran, wir leben alle nur einmal. Du genauso wie ich."

Beide begannen stumm abwechselnd zu rauchen.

Wer ist aber dann die junge Dame, die mich in der Philharmonie angesprochen hat, wundert sich Frau Baumann, als der Pfleger ihr sagt, dass es auf dieser Station keine Praktikanten gibt. Warum hat sie gelogen? Sie weiß gut über meinen Sohn Bescheid. Sogar seinen kleinen blauen Fleck am rechten Oberschenkel kennt sie und seine Lieblingsblumen. Eigentlich hatte sie einen guten Eindruck auf mich gemacht. Aber jetzt weiß ich nicht mehr, woran ich bin. Sie schaut Erasmus fragend an, der regungslos auf dem Bett liegt. Die Augen sind fest geschlossen. Der Puls schlägt schwach, aber gleichmäßig erkennbar auf dem Monitor über ihm. Seine Gesichtszüge sind ernst, als denke er über etwas nach. Leise betritt Schwester Hildegard das Zimmer.

„Herr Professor Bernhard bittet Sie zu einem Gespräch. Können Sie bitte in zehn Minuten, gegen fünf Uhr, in seinem Büro im Erdgeschoss sein." Frau Baumann blickt auf ihren Mann und weiter auf ihren Sohn, als die Schwester das Zimmer verlässt.

„Sie können unbesorgt zu Herrn Professor Bernhard gehen", vernehmen beide die beruhigende Stimme des Pflegers. „Ich passe hier auf Ihren Sohn auf."

„Wann war die junge Dame zum letzten Mal hier?" Die Besuche einer Fremden am Bett ihres Sohnes lassen Frau Baumann nicht los.

„Das war vor etwa zehn Tagen, am Samstag. Der Besuch war sehr kurz. Ich glaube, sie küsste Ihren Sohn auf die Stirn und erwähnte etwas von einem Linus, der sich über das Geld sehr gefreut hat."

Linus, den Namen hat Frau Baumann noch nie gehört. Was für Geld, durchfährt es sie.

„Kennst du einen Linus, einen Freund von Erasmus? Vielleicht aus seiner Schule oder aus seiner Klasse?" Ihr Mann schüttelt bedauernd den Kopf.

„Kommen Sie bitte, ich bringe sie zu Herrn Professor Bernhard", flüstert Schwester Hildegard. Nach einem Blick auf ihren Sohn folgen beide der Schwester aus dem Zimmer. Der Pfleger Hein bleibt mit Erasmus allein zurück.

Kapitel 15

16.09.2017

Endlich wurde es Samstag. Linus tat nach außen, als wäre es ein stinknormaler Tag, als Erasmus ihn am Vormittag besucht hatte, der inzwischen wieder zu Mia gezogen war. Tatsächlich konnte er schon seit Tagen seine innere Spannung nicht mehr aushalten. Wie wird das heute mit dem Lotto ausgehen, werde ich Millionär werden oder doch nicht? Davon kam er nicht los.

„Hast du Lust, nachher zu uns zu kommen", fragte ihn Erasmus. „Ich denke Daniel kommt auch."

„Nachher zu euch?" Die Worte sprach Linus wie nebensächlich aus. „Hab heute eigentlich nichts Besonderes vor." Linus hob und senkte die Schultern. „Wieso, habt ihr was geplant?"

„Ja, wir gehen zu einem Freund von Daniel, dem Bruno. Der veranstaltet heute seine Geburtstagsparty, er wird 25. Wenn du Zeit hast, sollst du mitkommen, meint Daniel. Je mehr Leute, desto besser und du kennst ihn ja vom Sehen."

„Wann geht ihr hin", erkundigte sich Linus wie unbeteiligt.

„Mia meinte so nach acht."

„Wollte eigentlich vorher mal kurz unsere Lottozahlen schaun, könn wir ja auch halt dort machn." Das mit den Lottozahlen kam automatisch aus seinem

Mund, er hätte es sich am liebsten verbissen. Aber seit Tagen ließ ihn der Gedanke an einen Lottogewinn einfach nicht mehr los.

„Okay, ja klar, das steht ja heute noch an." Erasmus gab sich ebenso Mühe, so gleichgültig zu klingen wie möglich. „Ich wollte heute eigentlich einmal was andres mit dir besprechen, wegen einer eigenen Wohnung. Ich hänge ja schon über zwei Monate bei dir oder Mia herum und das geht ja auch nicht ewig. Ich habe mich bisher noch nie ums Wohnen gekümmert."

„Ich dachte, Muste, du kommst von hier, weißt Bescheid, wie das geht. Kannst oder willst du nicht zurück, wo du bisher gewohnt hast? Ich mein, bevor wir uns getroffen haben und ehe du ins Krankenhaus", dieses Wort zog er unter breitem Grinsen unendlich in die Länge, „eingeliefert wurdest."

„Darüber haben wir schon hundertmal gesprochen", erwiderte Erasmus ärgerlich. „Fang bitte nicht wieder von vorne an." Natürlich konnte er seinen Freund verstehen, es war eben alles nicht nur für Linus unendlich kompliziert.

„Schon gut Muste, musst nich gleich heftig werden", besänftigte Linus die Situation. „Wo willst denn wohnen?"

„Nein, ich wollte grade erst mal wissen, wie das beim Mieten ist. Muss etwa eine Kaution hinterlegt werden und wenn ja, wie viel und wann?"

„Na klar, ich musste drei Monatsmieten berappen, aber du als Ausländer", und dabei feixte Linus seinen Kumpel mitten ins Gesicht, „hast's bestimmt noch schwieriger und brauchst eine Garantie, dass du die Miete nachher auch berappen kannst."

„Wieso Ausländer?"

„Na, mit was willst dich den ausweisen? Geht nur mit dem gefälschten Studentenausweis, wenn du eine

Wohnung mieten willst. Vom wem bekommst du überhaupt eine Mietzahlungsgarantie? Geh doch mit deinem Studentenausweis zum Studentenwerk, Mr. Frank Bishop aus den USA. Vielleicht können die dir was hintenrum besorgen. Ich denk mal so billig", bei billig fügte er mit den Fingerspitzen in der Luft Anführungszeichen ein, „wie ich wohne, kriegst bestimmt nichts."

Erasmus wurde von der Realität eingeholt. Er hatte nichts als einen gefälschten Studentenausweis. Er existierte in dieser Welt demnach überhaupt nicht!

„Danke für den Tipp du Kopfnuss. Das mit dem Studentenwerk werde ich einmal in den nächsten Tagen versuchen."

„Also Muste, rauswerfen tue ich dich nicht. Kannst ruhig ab und zu noch etwas bei mir wohnen, bis du endlich klarer im Kopf bist. Vielleicht gehen wir wieder gemeinsam auf Arbeit, hast dich ja gar nicht ungeschickt angestellt. Das geht nämlich auch ohne Ausweispapiere, eben schwarz", schmunzelte Linus und fuhr mit ernster Miene fort: „Ein heruntergekommenes Zimmer sauber gemalt und zurechtgemacht gibt mir Satisfaktion, was die Rolling Stones in ihrem Song nicht bekommen. Aber ich. Ich fühl mich dabei wie ein Triebtäter. Wär das nicht was für dich? Mich kribbelt es schon in den Fingern. Solange wie in der letzten Zeit habe ich noch nie ausgesetzt."

„Klar, da mache ich gerne wieder mit." Erasmus war nicht bei Linus. Der Entschluss, nicht ins Krankenhaus zurückzukehren, hatte sich letzte Nacht verstärkt, als er mit Mia schlief und er unglaublich glücklich war, dass er sich beinahe selbst beneidet hätte. Angeschmiegt an ihren warmen Körper hatte er ihrer beider Zukunft überdacht. Zuerst eine kleine Wohnung mieten, später irgendwo Arbeit finden. Vielleicht könnte ich nebenbei mein Abitur machen, studieren und Arzt werden, hatte er sich überlegt. Das ist mein Berufswunsch, seit ich das Krankenhausleben kennengelernt habe. Geht das überhaupt: der Eine lebt, der Andere stirbt. Was würde passieren, wenn ein Quantenteilchen sich teilt oder sie zusammenstoßen? Ist das überhaupt möglich? Das weiß bisher keiner, erinnerte er sich vom Mathematikunterricht. Geht dabei die Welt unter wie bei einer gewaltigen Atomexplosion? Für ein Leben mit Mia würde ich auch den Weltuntergang riskieren. Weltuntergang hin oder her, zuerst muss ich eine Wohnung finden, Mias Zimmer ist für uns beide auf Dauer zu klein. Ich muss sehen, dass mir Linus eine Arbeit beschafft.

Das war gestern. Doch heute, wie er mit Linus sprach, zogen andere Gedanken auf. Linus hatte ihn mit dem Kopf gegen die harte Realität gestoßen. Er war eben nicht Frank Bishop, nicht einmal Erasmus. Zum ersten Mal verstand er, was er bisher versucht hatte zu unterdrücken. Nein, ER war nicht Erasmus. Erasmus lag im Krankenhaus, kämpfte mit dem Tod und den Kampf würde er verlieren. Hein hatte ihm nur etwas von des Anderen Zeit geschenkt, er durfte die letzten drei Monate noch einmal erleben, ohne ans Krankenbett gefesselt zu sein. Nach Ablauf der drei Monate, am 27. September um fünf Uhr morgens, war er wieder Erasmus. Das Bindeglied zwischen ihm und Erasmus war Hein, das erkannte er. Mit dem muss ich über meine Zukunft sprechen, wenn ich eine habe. Je früher, desto besser. Damit kehrte er in die von Hein geschenkte Gegenwart zurück. Alles war wieder auf Start.

„Du, Nuss, ich muss schnell los, ich habe noch etwas zu erledigen. Wir sehen uns nachher gegen acht

bei Mia. Ja, und wegen der Arbeit, danke, das überlege
ich mir."

„Okay, mach das, wir sehen uns dann bei Mia."

Linus machte sich schon um fünf Uhr zu Mia auf,
obwohl er erst um kurz vor sieben losgehen wollte. Er
konnte es einfach nicht mehr aushalten, allein in seinem Zimmer zu hocken und auf die Ziehung der Lottozahlen zu warten. Zum ersten Mal war alles anders.
Erasmus hatte für ihn getippt, der Erasmus, der das
Ergebnis Hertha gegen Liverpool richtig vorausgesagt
hatte. Auch den Anschlag auf der Rambla. Linus
brauchte Ablenkung. Er musste unbedingt mit dem
nervösen Rauchen aufhören, denn sein Zimmer war
schon wie im Herbstnebel. Bei Mia durfte er nicht rau-
chen. Als er dort ankam, war Erasmus nicht da.
„Wo ist Muste?"
„Er ist ein Buch kaufen gegangen", antwortete ihm
Mia. „Das wollen wir als Geschenk mitbringen."
„Was für ein Buch denne?"
„Erasmus denkt son Thriller von Fitzek wäre cool,
weil der Bruno gern Thriller liest. Der Fitzek ist im Augenblick voll angesagt."
„Also weiß unser Alleswisser auch was über Bü-
cher."
„Wieso nennst du Erasmus Alleswisser?"
„Wirst vielleicht nachher verstehen."
Endlich kam Erasmus mit einem schön verpackten
Buch und Linus versuchte mit ihm ins Gespräch zu
kommen. Es ging nur zäh voran, die Zeit bis zum 19:25
Uhr Lotto-Live-Stream verging quälend langsam. Li-
nus schaute dauernd auf seine Uhr, bis Mia ihn
schließlich fragend anschaute. „Hast du heute Abend
noch was vor? Willst du nicht mitkommen?"

„Nö, überhaupt nichts, ich geh nachher gern mit zur Geburtstagsparty."

Kurz vor sieben bat Linus, ob er den Fernseher anstellen könnte. Er konnte seine Anspannung nicht mehr aushalten, musste sich ablenken. Erasmus hatte wieder einen seiner Hustenanfälle bekommen, die in letzter Zeit ab und zu auftraten, und er konnte sich nicht mehr mit Linus unterhalten.

„Hast du diese Woche wieder Lotto gespielt", erkundigte sich Mia wie nebenbei, als sie den Fernseher anstellte. Es war kurz vor sieben, die Werbung lief noch, etwas gegen Vergesslichkeit im Alter wurde angepriesen, das erstaunlicherweise über achtzig Prozent der Anwender für ausgezeichnet hielten.

„Ja, mach ich oft, aber heute ist es etwas Besonderes." Linus Gesicht begann zu glühen. „Muste hat auch getippt und wir wollen mal sehen, wer die meisten Richtigen hat. Auf wen tippst du von uns beiden?"

„Ganz einfach Nuss. Ihr werdet beide keine Richtige haben oder höchstens eine oder zwei. Das ist doch das Normale. Ich find das mit dem Lotto einfach Geldverschwendung."

Als die Nachrichten begannen, hörte keiner richtig hin. Mia, weil sie kaum Interesse hatte, wie realistisch die Jamaika-Koalition war, Linus, weil er zu aufgeregt war, sich um den Hurrikan Maria zu kümmern und Erasmus wusste, was kommen würde. Selbst ein siebter EM-Titel für die Herrn ging unter. Mias Bruder Daniel und Jens kamen und wollten sofort aufbrechen.

„Wartet bitte noch kurz, Linus will die Lottozahlen mitbekommen." Zum ersten Mal hatte Mia doch Interesse, ihr Erasmus hatte getippt. Sie stellte ihren Laptop auf ‚lotto.de' ein. Es lief der Countdown. Jens schleuderte sich die Haare aus den Augen und holte mit Daniel Bier aus dem Kühlschrank, denn es würde ja noch etwas dauern.

Als der Countdown endlich beendet war, erschien eine professionell gute Laune verbreitende Ansagerin, es würde also in ein paar Sekunden beginnen. Linus konnte nur mit Macht das Zittern seiner Hände unterdrücken. Er und Erasmus hatten die ausgefüllten Scheine zwischen sich auf den Tisch gelegt. Linus starrte wie hypnotisiert auf den Bildschirm. Die neunundvierzig Kugeln wurden in die Trommel gefüllt, gemischt und die erste Zahl wurde ausgespuckt: 31. Auf Erasmus' Spiel war sie angekreuzt, bei Linus nicht. Daniel und Jens blickten von ihrem Bier auf, als Linus ein „Cool" losließ. Die Kugeln wurden wieder in der Trommel gemischt, diesmal erschien eine: 21.

„Uii super", stieß Mia unvermittelt hervor, „ihr habt sie beide richtig! Das wird ja heute interessant." Sie rückte näher zu Erasmus. Als Nächstes erschien die: 35. Damit waren auf Erasmus Spiel drei Richtige, Linus hatte eine. Alle versammelten sich nun um Mias Laptop. Doch die nächste Zahl brachte eine Enttäuschung: 37. Sie war weder in Erasmus' noch in Linus' Spiel angekreuzt. Der sah Erasmus starr ins Gesicht, als wollte er sagen, mach bloß keinen Scheiß.

Die Kugeln wurden wieder gemischt, es dauerte etwas, ehe die 27 in dem Auffangbecher landete.

„Vier Richtige! Das bringt schon etwa fünfzig Euro, gut gemacht Muste!" Daniel schlug Erasmus mit der Hand auf die Schulter. Linus hatte auch diese Zahl nicht, es blieb beim 4:1 für Erasmus. Als die: 26 in den durchsichtigen Zylinder fiel, klatschten alle vor Freude. Die sechs Gewinnzahlen standen fest, fünf Richtige! Linus schmunzelte seinen Freund verlegen an, er hatte sich mehr erhofft.

Zum Schluss wurde die Superzahl ausgelost. Die zehn Bälle wurden in einer kleinen Trommel gemischt und als dann die 9 erschien, löste das im Zimmer einen Tsunami aus. Fünf Richtige mit Zusatzzahl!

„Mann Erasmus, das bringt bestimmt um die zehntausend. Super!" Mia umschlang Erasmus und gab ihm einen dicken Kuss auf den Mund. Alle außer ihm waren in Aufregung. Der tat mit aller Macht, als wäre er es ebenso. Er konnte seine Freude, Linus geholfen zu haben, kaum im Zaum halten.

„Hast du Sekt hier?", schrie Daniel wie in Extase und schaute seine Schwester mit glitzernden Augen an.

„Nein, nur Bier."

„Dann stoßen wir eben mit Bier an", rief Jens in die recht aufgewühlte Runde. Ehe sich Erasmus versah, hatte er eine Dose in der Hand und das Anstoßen wollte kein Ende nehmen, das Rumgespritze mit Bier auch nicht. Es war beinahe wie bei einer Siegerehrung beim F1 Grand-Prix. Allein Linus war nicht bei der Sache. Sein Kumpel hatte sich um eine Zahl vertan. Absichtlich? Ihm kam es so vor. Aber warum? Weiß Muste wieder etwas, was ich nicht weiß?

Als sich alle lärmend zum Abmarsch bereit machten und die beiden Freunde alleine waren, klopfte Erasmus Linus auf den Rücken. „Das ist dein Geld, ich habe für dich gespielt. Ich glaube, das hast du verstanden. Bewahre es gut auf, lasse deinen Traum wahr werden und mache deinen Meister damit. Das wolltest du doch immer. Du hast mir sehr geholfen, als ich wie Fallobst zu dir kam, das werde ich dir nie vergessen. Natürlich auch die Sache mit dem gefälschten Pass nicht. Du bist ein echter Kumpel." Erasmus legte seine Hand auf Linus' Schulter. „Ich bleibe solange ich lebe dein Freund, und wenn du es darüber hinaus sein willst, würde mich das sehr freuen."

„Ach quatsch kein Unsinn. Nur eins, Muste, hast extra die 47 mit der 37 ausgetauscht? Ich denk, du wusstest die richtige Zahl."

„Ja klar, du Kopfnuss. Natürlich hätte ich dir einen Sechser gegönnt, du hättest bestimmt mit allen geteilt. Leider gab es heute bei der Auslosung keinen Sechser und einen herzaubern kann ich leider nicht." Dabei betonte er die Worte in einer Art und machte eine Fratze dazu, als sagte er das alles lediglich aus Spaß.

„Muste, sag, das wusstest du schon alles im Voraus?"

„Wieso im Voraus? Was meinst du damit."

Linus blieb stumm.

Nach der Ewigkeit einiger Sekunden schaute er ihm fest in die Augen. „Vergiss es. Ist mir egal. Wichtig ist, dass wir gute Freunde sind und immer bleiben, wir uns vertrauen. Und du mir manchmal mit deinen Ratschlägen hilfst", fügte Linus mit einem Grinsen hinzu. „Jetzt gehen wir mit den anderen und genießen die Geburtstagsparty. Dort gibt es bestimmt Sekt, denn ich will mit dir anstoßen, mit meinem allwissenden Freund."

Auf dem Weg zur U-Bahn hielt Mia Erasmus am Ärmel fest. „Linus hat mir erzählt, dass du für ihn gespielt hast. Nun hat er durch dich viel Geld gewonnen."

„Also, wir hatten abgemacht, er tippt für mich und ich für ihn. Ich habe dabei leider den Kürzeren gezogen." Dabei lachte er Mia mitten ins Gesicht und sie hakten sich unter. „Am Montag muss ich etwas mit jemandem besprechen. Danach würde ich gern mit dir für ein paar Tage irgendwohin fahren. Vielleicht nach Paris, was meinst du? Dein Bruder hat mir gesagt, dass du ab Oktober wieder zu arbeiten anfängst. Ich denke, wenn du arbeitest, hast du keine Zeit mehr dazu." Und ich auch nicht. Aber das dachte er nur bei sich.

„Erasmus, meinst du das ehrlich? Wir fahren nach Paris? Das ist ja super."

„Ja, aber dieses Mal nur wir beide, Linus lassen wir hier."

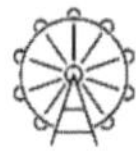

Die Geburtstagsparty war ausgelassen, wie es sich Erasmus bei jungen Leuten gedacht, ja erhofft hatte, denn bisher war er noch auf keiner gewesen, außer bei Kindergeburtstagen.

„Etwa zwanzig Leute werden kommen", hatte Mia ihm gesagt. „Es wird lustig werden. Nuss will unbedingt wieder mit dir auftreten." So kam es dann auch.

Als Erasmus am späten Abend Mia suchte, konnte er sie nirgends finden, auch ihr Bruder hatte keine Ahnung. Doch als sie kurz nach Mitternacht wieder auftauchte, hatte er ihr Verschwinden vergessen. Die Party ging noch bis drei Uhr morgens, ehe sich die letzten Gäste verabschiedeten. Erasmus und Mia waren schon eine Stunde vorher fest umschlungen aufgebrochen.

„Die verbleibende Nacht wird kurz, denn ich muss morgen früh aufstehen und möchte noch etwas mit dir im Bett liegen", hatte er ihr zugeflüstert, „und kuscheln".

Kapitel 16

18.09.2017

Am Montag stand Erasmus gegen acht Uhr vor dem St. Georg Krankenhaus. Vor ungefähr drei Monaten war er dort eingeliefert worden, der letzte Heilungsversuch war gescheitert. Einmal hatte er vergeblich versucht, sich hier zu treffen, seitdem führte er sein eigenes Leben, hatte Freunde gefunden und sich in Mia verliebt. Heute musste er Hein aufsuchen, um mit ihm über seine Zukunft zu sprechen, wenn er überhaupt noch eine hatte.

Erasmus ging zur Information. „Ein Bekannter von mir, ich habe leider nur seinen Vornamen, Hein, arbeitet hier als Pfleger. Können Sie mir bitte sagen, wo ich ihn finde? Es ist sehr dringend." An der Information kannte niemand einen Pfleger mit dem Vornamen Hein.

„Wenn Sie seinen Nachnamen nicht kennen, kann ich Ihnen leider nicht weiterhelfen", antwortete die Schwester am Empfang mit einem Lächeln. Erasmus wusste nicht weiter. Für eine Weile irrte er im Krankenhaus umher. Schließlich überlegte er, ob er Schwester Hildegard fragen sollte.

Letztes Mal hatte sie mich nicht erkannt, vielleicht geht es dieses Mal auch wieder gut. Falls sie mich doch erkennt? Egal, ich muss Hein finden. Das ist wichtig!

Erasmus fuhr hinauf zu Krebsstation. Onkologie stand über der doppelflügeligen Eingangstür. Krebs bleibt Krebs, dachte Erasmus betrübt bei sich, auch wenn die den Namen ins lateinische ändern, um den Patienten und den Angehörigen den Schrecken vor dieser Krankheit zu nehmen.

Erasmus verweilte für ein paar Minuten unschlüssig vor der Tür, schließlich klingelte er. Eine ihm unbekannte Schwester öffnete.

„Schwester Hildegard hat heute ihren freien Tag, kann ich Ihnen helfen?", antwortete sie ihm auf seine Frage nach Schwester Hildegard. Dass sie sich alle auf der Station mit Vornamen ansprachen, bestätigte sie. „Aber einen Pfleger Hein haben wir hier nicht."

Erasmus zögerte, ehe er weitersprach. „Wie geht es meinem Klassenkameraden Erasmus?"

„Ich kann Ihnen dazu leider keine Auskunft geben, Sie müssen sich zunächst unten im Büro von Professor Bernhard melden."

„Nur ganz kurz, bitte. Gut oder schlecht?" Die Schwester machte ein betrübtes Gesicht. „Nicht sehr gut", flüsterte sie und schloss die Tür, ehe sich Erasmus für die Auskunft bedanken konnte. Er fuhr wieder hinunter und durchstreifte das Krankenhaus. In der Angestelltenmensa, die er von seinen vielen Krankenhausaufenthalten gut kannte, konnte ihm keiner weiterhelfen, ein Hein war unbekannt. Es war wie verhext. Erasmus durchquerte enttäuscht den Eingangsbereich und erkundigte sich nochmals vergeblich beim Empfang. Als er schon beinahe den Ausgang erreicht hatte, klopfte ihm jemand von hinten auf die Schulter. Erschrocken drehte er sich um.

„Was machst du denn hier, Erasmus, du hast doch noch neun Tage Zeit. Oder hast du schon solche Sehnsucht nach mir?" Hein stand vor ihm, als wäre er aus dem Boden gewachsen.

„Hallo Hein, wo kommst du denn plötzlich her? Ich habe dich überall im Krankenhaus gesucht, aber keiner hier scheint dich zu kennen. Ich muss mit dir etwas Wichtiges besprechen." Sie gaben sich die Hand.

„Komm mit, gegenüber ist ein Bäcker, dort können wir uns hinsetzen, etwas essen und uns unterhalten. Ich habe nämlich noch nicht gefrühstückt. Wie ist es mit dir?" Hein legte seine Hand auf Erasmus' Rücken und drängte ihn sanft aus dem Krankenhaus. Beim Bäcker angekommen, bestellte er eine Streuselschnecke und einen Espresso, Erasmus einen Milchkaffee. „Ich habe schon gefrühstückt", log er. An diesem Morgen hatte er vor Aufregung keinen Bissen herunterbekommen.

„Also, leg los. Was möchtest du mit mir besprechen, Erasmus?"

Der schluckte. Nach einer Weile antwortete er mit niedergeschlagenen Augen flüsternd: „Ich weiß nicht, ob ich weiterleben darf oder sterben muss."

„Wer weiß das denn mein Freund? Niemand!"

„Ich meine, Hein, wenn ich am siebenundzwanzigsten um fünf Uhr nicht erscheine, einfach wegbleibe. Was wird passieren?"

„Ganz einfach, ich verliere in dem Fall meinen Arbeitsplatz. Ich glaube, das willst du doch nicht, oder? Wenn ich meinen Job verliere, kannst du dir ja ausmalen, was passiert. Ich habe bei dir eine Ausnahme gemacht, weil du immer tapfer gegen deine Krankheit angekämpft hast und ich dich deswegen mag. Das war hoffentlich kein Fehler von mir." So eine Antwort hatte Erasmus nicht erwartet.

„Du willst also unsere Vereinbarung nicht einhalten?"

„Nein, das ist es nicht, aber ..." Erasmus vernahm das Kauen seines Gegenübers, dem die Streuselschnecke zu schmecken schien, und er wusste nicht, wie er Hein seine Situation erklären konnte. Er schwieg mit niedergeschlagenen Augen.

„Ich weiß, was dich bedrückt, du brauchst es mir nicht zu sagen. Es geht um Mia, nicht wahr?" Erasmus, der bisher versucht hatte, Hein nicht in die Augen zu schauen, blickte auf.

„Du kennst Mia?"

„Natürlich. Ich habe sie öfter getroffen, als sie ins Krankenhaus kam und dich besucht hat. Sie brachte dir sogar einmal deine Lieblingsblumen mit, hast du das denn nicht bemerkt?"

„Mia hat mich im Krankenhaus besucht?" Erasmus konnte das Gehörte nicht fassen. „Wie ist sie denn hereingekommen. Muss sich nicht jeder bei Professor Bernhard anmelden? Oder zumindest bei Schwester Hildegard. Sonst kommt doch niemand in die Onkologie."

„Ich habe ihr geholfen, abends beim Schichtwechsel. Deine Mutter oder manchmal dein Vater waren nach Hause gegangen und die Abendvisite hatte noch nicht angefangen. Erst vorgestern um Mitternacht war sie wieder hier. Du hast so fest geschlafen, dass du ihren Kuss gar nicht bemerkt hast."

„Mia hat mich am Samstag hier besucht? Aber wir waren doch den ganzen Tag zusammen." In diesem Augenblick erinnerte er sich an das kurzzeitige Verschwinden seiner Freundin. Ihn schauderte es. Mia war mit mir auf der Geburtstagsparty und zwischendurch bei IHM im Krankenhaus. Warum tut sie das? Warum bringt sie IHM meine Lieblingsblumen?

Hein bemerkte Erasmus` verwirrtes Gesicht. „Sie liebt euch beide. Ihr beide seid ein und derselbe, Erasmus."

„Das verstehe ich alles nicht. Warum hat mir Mia ihre Besuche an meinem Krankenbett verschwiegen? Kannst du mir das bitte erklären?"

„Ich habe es ihr geraten, dir zuliebe. Ich wollte, dass du unbeschwert mit ihr in deiner Welt bleibst. Ich kann dir fest versichern, Mia liebt dich, wie du wirklich bist."

Erasmus erbleichte. „Sie liebt mich wie ich wirklich bin", stammelte er.

„Ja, sonst wäre sie nicht zu dir ins Krankenhaus gekommen. Sie hat deinen Krebs akzeptiert und sie ist gleichzeitig glücklich, mit dir noch einige Zeit verbringen zu können. Es ist nun mal so, Mädchen sind oft sensibler als Jungs. Sie verstehen eher, was um sie geschieht. Ich brauchte nicht lange mit ihr zu sprechen, Mia hat mich gleich erkannt."

„Dich erkannt?" Erasmus schaute Hein verstört an. Was meinst du mit erkannt?"

„Trink deinen Kaffee. Du spielst also mit dem Gedanken, nächsten Mittwoch um fünf Uhr morgens nicht zu mir zu kommen?"

„Ja, denn ich möchte bei Mia bleiben. Wir gehören zusammen. Ich dachte, ich gehe noch einmal nach Hause, hole mir meinen Ausweis und starte ein neues Leben mit Mia. Ein Freund hat mir eine Arbeit versprochen, ich komme mit seiner Hilfe bestimmt irgendwie zurecht. Von meinen Eltern habe ich mich schon vor einiger Zeit verabschiedet. Ich will weiterleben, kannst du das verstehen?"

„Ja, das kann ich verstehen, das ist nichts Außergewöhnliches, wer will das nicht."

„Was ich jedoch heute von dir gehört habe, macht mich unsicher. Ich weiß nicht mehr, was ich machen soll, wo Mia alles weiß, mich liebt, wie ich wirklich bin, mich den Todkranken?“

„Erasmus, nutze die wenigen Tage aus, die dir noch bleiben. Fahre mit ihr nach Paris und habt eine schöne Zeit dort, denn sie freut sich sehr darauf.“

„Sie hat mit dir auch darüber gesprochen?“

„Ja.“ Hein hatte seinen Kaffee ausgetrunken, die Streuselschnecke war bis auf einige Krümel auf dem Teller verzehrt. Erasmus saß wieder mit gesenktem Kopf vor seiner immer noch vollen Tasse.

„Wie geht es nun weiter“, murmelte er in sich hinein.

„Wie es weitergeht? Erasmus, alles Leben auf dieser Welt ist nichts anderes als eine stetige Annäherung an den Tod und ich bin der Weg. Du weißt, dass der Weg das Ziel ist.“

„Ja,“ bestätigte Erasmus nach einiger Zeit. „Das Leben zielt immer auf den Tod hin, es ist endlich. Daran ist nicht zu rütteln. Das weiß jeder und doch …“

Hein wischte ein paar Krümel aus seinen Mundwinkeln und räusperte sich. „Du musst das akzeptieren, Erasmus, auch wenn es dir schwerfällt.“

„Danke, Hein. Eigentlich hatte ich mir etwas anderes von dir erhofft. Ich werde am Mittwoch kommen, das verspreche ich dir.“ Mit fester Stimme fügte er hinzu: „Aber vielleicht denkst du inzwischen etwas über Mia und mich nach, über unsere Liebe. Bitte!“ Erasmus Augen wurden feucht, er wischte sich mit dem Ärmel darüber. „Bitte!“

„Gut, Erasmus, das mache ich, versprochen. Doch wenn es Zeit ist, ist es Zeit. Noch eine Stunde, noch zwei Tage, vier Wochen, zehn Jahre länger leben oder noch ein zweites, drittes Leben, es ist nie genug, wenn man nicht zufrieden ist und es genug sein lässt. Selbst wenn du schließlich bekommst, was du willst, bekommst du niemals das, was du dir erhofft hast."

„Ich verstehe, Hein", murmelte Erasmus, seine Augen waren wieder feucht. Beide standen auf und schüttelten sich lange die Hände.

„Erasmus, oder besser Muste, so möchte ich dich gerne ab heute nennen, wie deine Freunde, es ist mir sehr peinlich, ich habe kein Geld bei mir." Er lächelte Erasmus verlegen an. „Ist noch etwas von den fünfzig Euro übrig, die ich dir damals im Krankenhaus gegeben habe? Sonst müssten wir uns hier heimlich verdrücken." Erasmus konnte sich mit Tränen in den Augen nun doch nicht das Schmunzeln verbeißen. So etwas hatte er von Hein nicht erwartet.

„Das mache ich gerne, Hein, du hast mir ja auch viel geschenkt. Sag mal, hast du eigentlich einen Spitznamen?"

„Ja, nicht nur einen. Aber kümmere dich nicht darum. Sag einfach Hein zu mir, das passt schon." Erasmus bezahlte und beide verließen entspannt die Bäckerei.

„Machs gut Muste. Bis Mittwoch. Vergiss die Zeit nicht. Und meine besten Grüße an Mia sowie schöne Tage in Paris." Ehe Erasmus noch Und dir auch einen schönen Tag sagen konnte, war Hein genauso unvermittelt verschwunden, wie er erschienen war.

Hatte ihm das Treffen mit Hein etwas gebracht? Ja, sehr viel. Da war die Erkenntnis, dass Leben und Sterben fest zusammengehören. Jedoch viel wichtiger war, dass Mia ihn im Krankenhaus besucht, ihm sogar seine Lieblingsblumen hingestellt hatte. Sie liebte ihn! Was wollte er mehr? Damit war Erasmus so überglücklich, dass er sogar vergaß, an der Haltestelle auf den Bus zu warten, sondern einfach weiter in Richtung von Mias Wohnung lief. Er würde am Mittwoch zurück ins Krankenhaus gehen, denn alles Leben war stets eine Bewegung hin auf den Tod. Erasmus senkte den Kopf. Wenn das auch so ist, ist es doch schwer zu akzeptieren. Den Lauf der Welt kann niemand ändern, das hatte er bei dem Terroranschlag auf der Rambla schmerzlich erfahren müssen. Erasmus war endlich mit sich und der Welt einverstanden.

Als er an einem Kiosk vorbeikam, kaufte er zum ersten Mal in seinem Leben eine Schachtel Zigaretten, die er fast nicht aufbekam, weil er den Faden zum Aufreißen der Zellophanhülle nicht fand. Nachdem er sich endlich eine herausgefummelt hatte und sie anstecken wollte, bemerkte er, dass er kein Feuerzeug besaß. Er marschierte mit der Zigarette zwischen den Lippen weiter, schließlich warf er sie weg. „Alles muss man ja nicht ausprobieren, es gibt wichtigere Sachen, die auf meiner Agenda stehen sollten", lachte er laut vor sich hin. Die volle Schachtel landete mit einem gezielten Wurf in einem Abfallkorb.

Unterwegs holte er sich von einem Geldautomaten zweihundert Euro. Es gab noch 2.429,50 Euro, das würde für eine Reise nach Paris reichen. Wenn nicht, könnte er auch das Konto überziehen. Ein Todkranker hebt dauernd ab und überzieht sein Konto, lächelte er in sich hinein. Es dauerte noch etwa fünfzig Minuten, bis Erasmus endlich vor Mias Tür stand.

„Hallo Mia, ich habe heute einen Bekannten von dir getroffen, er lässt schön grüßen."

„Oh, wen denn?"

„Hein, den Pfleger im St. Georgs Krankenhaus." Mias immer stets aufmunterndes Lächeln verließ ihr Gesicht. „Ich habe mit ihm gesprochen. Er hat
mir von deinen Besuchen erzählt. Ich denke, es ist richtig, wenn ich nächste Woche freiwillig zurück zu Hein
ins Krankenhaus gehe." Mia blieb stumm. „Um zu
sterben." Bei seinen letzten Worten umschlang sie ihren Freund, fester ging es nicht mehr.

„Erasmus, unsere Liebe ist stärker als der Tod." Ob
sich Hein an sein Versprechen erinnert, noch einmal
über unsere Liebe nachzudenken, wünschte sich Erasmus in diesem Augenblick. Ob unsere Liebe etwas be-
wirken kann?

„Nutzen wir die Zeit aus, Mia, danach kann kommen, was kommt. Übermorgen fahren wir nach Paris,
nur wir beide. Es wird eine schöne Zeit. Meine Klasse
hat mal einen Ausflug nach Paris gemacht, als ich wie
so oft im Krankenhaus vergammelte. Mit dir hole ich
die Reise nach und ich bin sicher, es wird viel schöner
als bei der Klassenfahrt."

Kapitel 17

20.09.2017

Das Flugzeug landete im Flughafen Charles-de-Gaulle und die beiden waren aufgeregt wie ein Pärchen auf der Hochzeitsreise. Mia hatte sich extra ein weißes Sommerkleid mit dünnen Trägern und weiße Pumps gekauft, was Erasmus zu einem „Woww" veranlasst hatte, als sie es ihm vorführte. Der Himmel strahlte zur Begrüßung. Zum Hotel, das sie über das Internet gebucht hatten, nahmen sie ein Taxi. Dieses Mal wollte Erasmus nicht wieder in einer billigen Pension übernachten. Es lag nahe dem Gebäude der alten Pariser Oper.

„Nach dem Einchecken machn wir uns sofort daran, die Stadt zu erobern", entschied Erasmus noch im Taxi.

Zuerst ging es mit einem Eis in der Hand die Champs-Elysees entlang in Richtung des riesigen Triumphbogens. In Sichtweite vom Tiffany kehrten sie in ein Café ein und setzten sich draußen an einen der kleinen runden Tische mit Blick auf den vor Leben sprühenden Boulevard. Erasmus winkte einen der Kellner herbei. „Deux cafés noir, s'il vous plait", sagte er, wie er es im Französischunterricht gelernt hatte. Er erwartete zwei normale Tassen Kaffee, was sie bekamen, waren kleine Tassen mit starkem schwarzem Kaffee, ein Espresso. Dazu bestellten sie noch jeder einen Schokomuffin.

„Was ist schon Paris, wenn man nicht in einem Café gemütlich Hand in Hand draußen in der Sonne sitzt und die Leute vorbeischlendern sieht", platzte Mia enthusiastisch heraus. „Es ist hier wie im Film. Schau mal, wie chic die Pariserinnen angezogen sind." Mit diesen Worten führte sie die Tasse galant mit ausgestrecktem kleinem Finger an ihre Lippen.

„Okay, mein Liebling, ich gehe nachher mit dir zu Yves Saint Laurent, dort kannst du dir was aussuchen", prahlte Erasmus. „Vielleicht eine schicke Handtasche passend zu deinem neuen Kleid."

„Es muss nicht gleich von Yves Saint Laurent sein, Eri, ich bin genauso mit Christian Dior zufrieden." Beide lachten, wie es allein Verliebte können und hielten ihre Finger umklammert. „Küssen darf man sich ja hier in Paris auf jeden Fall", sagte sie und schaute Erasmus erwartungsvoll an.

„Genau, das sollte man unbedingt." Beider Gedanken wurden augenblicklich zur Wirklichkeit. Erasmus nahm ihr Gesicht in beide Hände, blickte ihr in die Augen und fuhr mit seinem Daumen über ihren Nasenrücken. Für eine Weile ließen sie sich nicht los. Die umhereilende Bedienung in langen weißen Schürzen kümmerte sich nicht um die beiden Verliebten. Die Rechnung wurde erst nach über einer Stunde beglichen.

„Komm, wir fahren zur Kirche Sacré-Coeur rauf", nahm Erasmus, von ihren Küssen noch benommen, wieder das Gespräch auf. „Linus, unser Kirchenverweigerer, ist ja heute nicht mit, da können wir sie uns in Ruhe anschauen. Zur Sacré-Coeur will ich auf jeden Fall, das ist ein absolutes Muss für jeden Paris Besucher."

„Du, Eri, Linus hat sich seit unserem Ausflug nach Barcelona sehr verändert. Er ist irgendwie erwachsen geworden. Jedenfalls stibitzt er nicht mehr, habe ich festgestellt. Ich denke, das macht dein guter Einfluss auf ihn."

„Also, ich habe ihm einmal gesagt: Du wirst bestimmt bald erwischt, wenn du mit dem Klauen immer weiter machst. Das sehe ich schon." Er denkt ja, ich kann in die Zukunft schauen, dabei weiß ich nur, was in der Vergangenheit passiert ist", schmunzelte Erasmus.

Zu Sacré-Coeur fuhren Sie mit dem Taxi, den Berg hinunter in die Stadt würden sie laufen. Als sie die Kirche betraten, kam es den beiden wegen der vielen riesigen Mosaiken vor, als wären sie in einem von Touristen überlaufenen orientalischen Palast gelandet. Mia staunte. „Das ist ja super hier, wie im Märchen. Komm, lass uns alles in Ruhe anschauen."

Erasmus wusste nicht, ob er bei all den Touristen hier seine bis tief über die nicht vorhandenen Augenbrauen gezogene Mütze überhaupt abnehmen müsste. Die beiden schlängelten sich Hand in Hand durch die Menge. Wie Atmen ging das Raunen der vielen Besucher durch den hohen Raum. An einem Seitenpfeiler stand ein Menschenknäul vor einem Priester, der mit gefalteten Händen vor einem weiß gedeckten Tisch betete, auf dem ein riesiges goldenes Kreuz und zwei Kerzen flackerten. Er hatte einen goldenen Talar an, ein rotes Käppchen bedeckte kaum seine wenigen weißen Haare. Sein Gesicht war knochig.

„Meinst du nicht, dass der mit seinem weiten Umhang und dem roten Käppchen super zu der märchenhaften Kulisse hier passt. Fast wie der Jedi Yoda im Film. Fantastisch", raunte Erasmus Mia zu, wobei er auf den Priester zeigte.

„Komm, mein Liebling, lass uns mal sehn, was dort los ist." Mia zog Erasmus durch die Menschen und schon standen die beiden ganz vorne. Der Priester breitete seine Arme aus, als wollte er alle Umstehenden umfassen und verkündete mit ernster Miene etwas auf Französisch, was für Mia sehr feierlich klang. Zwei kleine Jungs im weißen Umhang mit rotem Kragen knieten links und rechts neben ihm. Der eine betrachtete die Umstehenden unter seinem lockigen Schopf mit gelangweiltem Interesse. Sein Blick blieb an Mia hängen, sie meinte, er zwinkerte ihr zu. Der andere, ein Farbiger, schaute auf den Boden und spielte mit seinen Fingern.

„Was hat der Priester gesagt?", flüsterte Mia aufgeregt.

„Das habe ich nicht richtig verstanden, es scheint hier wohl leider schon zu Ende zu sein."

Als der Priester etwas, was wie „Amen" klang, feierlich aussprach, ein riesiges Kreuzzeichen machte und einige der Umherstehenden ein eher schüchternes, löste sich die Versammlung auf. Der Priester eilte mit den beiden Jungs durch die Umherstehenden zu einer Seitentür, wo sie verschwanden. Erasmus und Mia blieben enttäuscht zurück.

„Schade, dass es schon zu Ende ist", bedauerte Mia. „Ich hätte noch gern etwas zugesehen. Es war richtig feierlich, meinst du nicht auch? Ich habe mir beim Zuschauen etwas sehr Schönes vorgestellt."

„Und was?"

„So etwa könnte unsere Hochzeit sein, wäre absolut toll, oder?" Mia machte eine Pause und strahlte Erasmus an, als ständen beide bereits vor dem Traualtar. „Nur die Orgelmusik vom Hochzeitsmarsch hat gefehlt, die wünsche ich mir. Die süßen kleinen Jungs müssten vor uns herlaufen und Blumen streuen", flüsterte sie ihm ins Ohr. „Natürlich Lilienblätter."

„Ja, so könnte unsere Hochzeit vielleicht ablaufen. Wenn wir Ringe gehabt hätten", platzte Erasmus freudig heraus, „hätten wir sie uns gegenseitig vor ihm an die Finger stecken können."

„Und wir hätten uns umarmt und uns vor ihm geküsst", fügte Mia eilig mit einem Schmunzeln hinzu.

„Aber es gibt einen Grund, warum es nicht geht."

„Ich weiß Eri, Entschuldigung. Es ging mir gerade durch den Sinn, als der Priester vor uns beiden seine Arme ausbreitete und es mir vorkam, als spreche er das Ehegelöbnis zu uns." Mia verstummte augenblicklich. Das Ehegelöbnis, *bis dass der Tod euch scheidet.*

Als ob Erasmus ihre Gedanken erraten hätte, lächelte er sie aufmunternd an. „Nicht der Grund, an den du denkst, sondern ein anderer. Meine Eltern haben nämlich vergessen, mich zu taufen, jetzt ist es ja sowieso egal. Weißt du, in Las Vegas kann man sich auch ohne Taufe Priester für die Hochzeit mieten. Also, auf nach Las Vegas!" Erasmus lachte laut auf und klatschte in die Hände. Mia kniff ihn in die Wange. „Nicht so laut Eri, einige Leute schauen schon."

„Na und?" Erasmus legte seinen Arm fest um Mia und flüsterte ihr ins Ohr: „Du, Mia, ich bin so glücklich!"

„Und ich erst."

Sie kreisten noch einmal ihre Köpfe dicht an dicht durch die Kirche. Weil es Erasmus einfach nicht mehr vor Glück aushalten konnte, schob er seine Mütze hoch über die Stirn und sie küssten sich verstohlen, als sie zum Ausgang gingen.

Draußen strahlte die Sonne und blendete sie, als kämen sie aus einer Höhle. Auf dem Weg zurück in die Stadt sahen sie die Künstler von Montmartre kitschige Bilder für Touristen malen und lachten darüber. Als sie an einem Recyclingladen für Kleidung vorbeikamen, blieb Erasmus stehen.

„Du, Mia, ich sehe im Fenster eine Jacke, die ich gerne hätte. Lass uns doch einmal hineingehen."

„Welche denn?"

„Na die hellblaue Jacke links, die wie eine Bomberjacke aussieht, mit der Pagode und dem knallgelben Tiger mit aufgerissenem Maul auf dem Rücken." Erasmus lächelte wie ein glücklicher Schuljunge. „Weißt du, das ist eine Sukajan-Jacke. Solch eine Jacke habe ich mir schon lange gewünscht." Ein Mitschüler, eine Klasse tiefer, kam oft mit einer ähnlichen Jacke zur Schule. Erasmus war sofort in sie verliebt gewesen. Sie würde sein schwächliches Aussehen kaschieren, hatte er gehofft. Kurze Zeit später musste er wieder ins Krankenhaus und die Jacke war ein Traum geblieben. „Weißt du, mein Liebling, der Ursprung dieser Jacken waren die Bomberjacken der amerikanischen Piloten, die die Japaner nach dem zweiten Weltkrieg mit aufwendigen orientalischen Strickereien versehen hatten, um sich nach dem verlorenen Krieg ihren Lebensunterhalt zu verdienen. Das habe ich einmal im Fernsehen gesehen."

„Super Eri, die kaufe ich dir. Ich wollt dir schon längst mal etwas schenken, was du richtig magst." Also betraten sie mit einem fröhlichen „Bonjour" den Laden.

„Hast du doch schon", fuhr Erasmus im Geschäft mit ihrer Unterhaltung fort. „Nämlich die schönen Lilien, die du mir mal ins Krankenhaus gebracht hast. Hein hat mir davon erzählt. Das war sehr nett von dir."

„Ach, die sind schon längst verwelkt, aber von der Jacke hast du noch lange etwas." Beide wussten augenblicklich, dass es nicht der Fall sein würde und sie schwiegen, wie der Mond schweigt.

Erasmus kam als erster wieder zu sich, ließ sich einige Jacken zeigen und nach zwanzig Minuten marschierte er stolz wie ein Yakuza aus dem Geschäft. Eigentlich war es zu warm für die Jacke. Er behielt sie dennoch an und schwitzte lieber etwas, als sie gleich wieder auszuziehen. So lange würde er sie ohnehin nicht mehr tragen können, erinnerte er sich mit Bedauern.

„Was machen wir als Nächstes?", strahlte Mia Erasmus an.

„Na, Paris erobern, was sonst! Auf zum Eiffelturm! Dort oben soll man besonders gut küssen können, habe ich einmal gehört. Paris liegt einem zu Füßen."

„Hoffentlich wird mir da nicht schwindlig."

„Süße Mia, von der Höhe oder von meinen Küssen?"

„Von beidem."

„Keine Angst, ich halte dich fest in meinen Armen."

„Gut, dann komme ich mit."

Die drei Tage Paris vergingen wie im Fluge, die zwei Nächte im großen Doppelbett noch schneller.

Kapitel 18

Nach der Parisreise musste Erasmus wieder bei Linus übernachten, weil eine ehemalige Schulfreundin überraschend zu Mia zu Besuch gekommen war.

„Na, wie war euer Rendezvous in Paris? Hast dir ja ne tolle Jacke zugelegt. Sieht geil aus mit dem schwarz-gelben Tiger aufm Rücken. Denke mal, das könnte auch was für mich sein. Sieht mega geil aus."

„Ja, die wollte ich schon immer gerne haben. Die hat mir Mia geschenkt. Ich bin auch sehr stolz darauf. Es ist nämlich eine echte Sukajan-Jacke. Und was gibt es bei dir neues?"

„Mann, Muste, denk mal, ich hab inzwischen von der Handelskammer gehört, dass gerade ein Kurs zum Erlangen des Meisterbriefes läuft, in den ich noch einsteigen kann." Linus' Gesichtszüge waren vor Aufregung rot geworden. „Das nächste Seminar ist für den siebenundzwanzigsten September angesetzt. Da gehe ich auf jeden Fall mal hin. Erst mal schaun, ob ich als Hauptschüler überhaupt zurechtkomme." Erasmus hatte nicht gedacht, dass es so schnell gehen würde. Es war für seinen Freund eine gute Gelegenheit und er war froh, dass er mit dem Lottogewinn etwas Positives für Linus erreicht hatte.

„Am Siebenundzwanzigsten geht es also los. Um wie viel Uhr musst du dort sein?"

„Es fängt schon um acht Uhr an, ich muss deswegen gegen sieben abhaun. Du kannst entspannt weiterpennen." Erasmus musste sich zusammennehmen. *Du kannst entspannt weiterpennen* hatte ihm einen Hieb versetzt. Um acht würde er schon für ewig schlafen, während das Leben weiterging. Ohne ihn.

„Ich bleibe die Nacht davor mal wieder bei Mia", stotterte Erasmus. „Ihr Besuch ist bis dahin weg. Wenn was ist, ruf Mia an, die weiß Bescheid."

„Bescheid was?"

„Na, wo ich bin."

„Ja klar, wo sollst du schon sein, ihr klebt ja zusammen wie die Kletten. Wann ist eigentlich eure Hochzeit", grinste er Erasmus vielsagend an.

„Und du trotziger Haselnuss, versöhne dich lieber wieder mit deiner Freundin, von der du mir erzählt hast, als wir uns zum ersten Mal trafen. Mia kennt sie und meint, sie ist ganz nett und passt zu dir. Ich hätte sie gerne einmal getroffen. Wie heißt sie eigentlich?"

„Inga."

„Inga, nicht Inge?"

„Nein Inga, sie kommt aus Lettland. Kann sein, dass Mia sie nett findet. Ich such mir lieber was Neues. Sie ist mir nun mal zu anstrengend. Ich komm mit ihr einfach nicht zurecht." Linus zeigte wieder sein trotziges Gesicht.

„Versuche es doch noch einmal und trefft euch irgendwo. Ich denke, es geht gut."

„Denkst du das nur, oder weißt du es?"

Erasmus blickte seinem Freund fest ins Gesicht. „Ich weiß es." In Linus Kopf brodelte es. Treffen könnten sie sich ja einmal irgendwo, beschloss er.

„Noch was ganz andres, Muste", und damit würgte Linus das ihm unliebsame Thema Inga ab. „Dieses Wochenende ist Daniel bei seinen Eltern, aber am

Montag gibt er eine Party, weil er seine Probezeit bei der BVG bestanden hat. Daniel arbeitet ab nächsten Monat als Elektroingenieur für Signalanlagen und das muss ordentlich gefeiert werden. Er hat alle seine Freunde eingeladen. Du musst natürlich auch kommen, wir sollen etwas Musik machen." Alles geht also weiter, durchfuhr es Erasmus. Mia beginnt wieder im Friseursalon, Linus arbeitet an seinem Meistertraum und Daniel steigt ins Berufsleben ein. Ich alleine werde auf der Strecke bleiben.

„Du kommst doch auch, Muste. Mach nicht son trauriges Gesicht. Es wird lustig. Denk etwa zwanzig Leute werden eintrudeln, wird ne geile Party werden. Jens kommt bestimmt und Gras ist bei dem ja immer angesagt." Linus machte das verschmitzte Gesicht eines Kleinkriminellen und tätschelte Erasmus' Rücken.

Wie die Zeit in Paris, so vergingen auch die zwei Tage bis zur Party schneller als das Tauen des Schnees bei Sonnenschein. Erasmus hatte sich bei der Party zum ersten Mal in seinem Leben bewusst betrunken und er wachte erst am nächsten Vormittag in Linus' Bett auf. Genau wie vor etwa drei Monaten hatte er furchtbare Kopfschmerzen, als ob zehntausend Bienen in seinem Kopf summend herumschwirrten. Seine Glieder waren schwer, alles um ihn drehte sich, wenn er die Augen öffnete. Allerdings wusste er dieses Mal genau, was heute für ein Tag war: sein Letzter.

„Ich ruhe mich bis Mittag noch etwas aus, später gehe ich zu Mia." Es war eine fette Zeit bei dir, hätte er gerne gesagt, aber er verbiss es sich. Fette Zeit war wieder ein Ausdruck, den er sicherlich nie im Krankenhaus gehört hätte. Fette Zeit beschrieb genau die letzten drei Monate, da war er sich sicher.

„Brauchst wirklich kein Aspirin?"

„Nein danke, Nuss, es geht schon."

„Willst was essen?", fragte Linus besorgt. „Ich hol dir schnell was zum Frühstück."

„Nein, ich denke, mein Magen hat noch kein Interesse daran", stöhnte Erasmus.

„Okay, ich geh schon mal los, hab noch was zu erledigen wegen einer neuen Arbeit. Vielleicht kannst ja wieder mitmachen, wenn du Lust dazu hast." Linus schaute seinen Freud fragend an. „Wenn du zu Mia gehst, bin ich bestimmt noch nicht zurück. Vergiss nicht wieder abzuschließen. Nich alle hier in Berlin sind so ehrlich wie du."

„Ja, also tschüss Linus. Machs gut und vielen Dank für alles, was du in den vielen Wochen für mich getan hast."

Linus schaute Erasmus erstaunt an. „Was ist denne nun mit dir los Muste, das is eben unter Freunden selbstverständlich. Mach da bloß kein Theater drum." Erasmus hätte seinem Freund gerne zum Abschied die Hand gedrückt, aber er lag kraftlos im Bett und das wäre zu theatralisch geworden. Ordentlich verabschieden wollte er sich dennoch. Erasmus überlegte nur kurz, sofort wusste er, er müsste ihm zum Abschied etwas schenken, etwas Persönliches. Als Linus das Zimmer verließ, streckte er seinen Arm vor und machte das Thumbs-Up-Zeichen.

„Nuss, rauche bitte mal etwas weniger. Oder besser gar nicht. Du weißt ja selbst, dann lebt man länger." Ob mein Kumpel noch beides mitbekommen hat?

Gegen Mittag stand Erasmus auf, zog sich an und beim Hinausgehen warf er den Schlüssel durch den Briefkastenschlitz zurück ins Zimmer.

Ab heute kann mein Kumpel endlich wieder ordentlich in seinem Bett schlafen! Ob er darüber erleichtert ist?

Der Fußweg zu Mia war weit, doch er genoss es, noch einmal durch die Straßen zu bummeln. Obwohl sich der September seinem Ende zuneigte, war es immer noch warm. Hier und da waren Hauswände und Türen mit Graffiti beschmiert. Das störte die Harmonie, in der er sich befand, nicht. Auch nicht die überall herumliegenden Kippen. Hatte er nicht eine schöne Zeit erlebt, seine Jugend im Sauseschritt nachgeholt, sogar die Liebe kennengelernt. Wenn alles nur ein Traum war, hätte er wenigstens Mia, Linus und ebenso die anderen nicht mit seinem Weggehen enttäuscht zurückgelassen. Damit war er zufrieden. Um seine Eltern tat es ihm jedoch leid. Wir drei sind immer ein tolles Team gewesen, erinnerte er sich. Dass er sie mit seiner Krankheit enttäuscht hatte und nun kein gefeierter Musiker oder ein berühmter Literaturprofessor werden würde, das tat ihm weh.

Als er bei Mia ankam, war es schon dunkel geworden.

„Na endlich! Meine Bekannte ist schon seit drei Stunden weg. Wo hast du dich denn rumgetrieben?" Damit drückte Mia ihn fest an die Brust, sodass sie gegenseitig ihren Herzschlag fühlen konnten. „Komm, ich habe unser Abendessen vorbereitet."

Mia hatte den Küchentisch, an dem sie immer aßen, festlich gedeckt. Die Worte festlich gedeckt fielen

Erasmus ein, die hatte sein Vater immer gesagt, wenn er vom Krankenhausaufenthalt zurückkam: Deine Mutter hat den Tisch für uns heute festlich gedeckt. Dieses Mal hatte es Mia für ihn getan, mit weißem Tischtuch, einem großen Strauß Lilien und einer Kerze. Messer, Löffel und Gabel waren exakt am Tellerrand ausgerichtet. Weingläser standen daneben.

„Was gibt es heute zum Abendessen, meine allerliebste Mia?" In Erasmus Gesicht stand ein breites Lächeln.

„Ravioli in Tomatensoße!" Sie zeigte lachend die Dose. „Du weißt ja, ich bin keine große Köchin. Dazu einen Rotwein aus Italien. Ich hoffe, es schmeckt dir."

„Bestimmt."

„Was meinst du, Eri, wollen wir nicht nachher ins Kino gehen, um uns die Zeit zu vertreiben, um auf andere Gedanken zu kommen? Es ist unser letzter Abend vor deinem Tod. Wir beide wussten es schon lange. In der Nähe gibt es ‚Blad Runner 2049'. Es geht bis halb elf. Ich meine, genauso leben wie in den letzten Monaten, einfach an der Gegenwart Spaß haben. Oder wir könnten wieder zum Karaoke gehen, soll nicht auch Nuss kommen, zum Abschied? Er ist dein bester Freund. Du, Erasmus, ehrlich, ich fürchte mich etwas vor unserer letzten Nacht. Aber weinen will ich auf keinen Fall"

„Gut, abgemacht, nutzen wir unsre Zeit voll aus. Im Kino sitzen wir wieder ganz hinten auf unserem Stammplatz." Erasmus nahm Mia in den Arm. „Nach dem Film bleiben wir einfach zusammen. Von Linus habe ich mich schon verabschiedet."

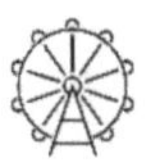

Ein warmer Nachtwind drang durch das angelehnte Fenster ins Zimmer. Erasmus fühlte eine angenehme Wärme über seinen bloßen Körper streichen. Er klammerte sich fest an Mia, die ihre Beine um ihn geschlungen hatte und ihn nicht losließ, bis er in sie eindrang, ihre Körper eins wurden. Als es kurz vor vier Uhr war, standen sie auf und zogen sich an. Mia schlüpfte in das grüne Sommerkleid mit den Fantasieblumen. Über die Schultern legte sie das weiße Jäckchen, genau wie damals zum Konzert in der Philharmonie.

„Du siehst schön aus, wie immer." Erasmus' Augen strahlten.

„Danke, Eri", sagte sie. Dabei umarmte Mia ihren Liebsten fest. „Du aber auch. In deiner Sukajan-Jacke schaust schon verwegen aus wie einer vonner Straßengang." Mia lachte. „Ich weiß, du bist keiner. Ich wusste es die ganze Zeit, dass du niemals etwas gestohlen hast, einen Laptop oder was auch immer, denn du lagst ja in Wirklichkeit im Krankenhaus. Du bist der ehrlichste und liebste Mensch auf dieser Welt."

„Und die anderen, dein Bruder, was denken die jetzt von mir?"

Mia hob die Schultern und senkte sie. „Was du Jens und seiner Freundin erzählt hast, hat allen nichts ausgemacht. Die Welt der Erwachsenen stinkt sowieso, meint mein Bruder immer, die mit ihren Kriegen und anderem Mist. Besonders die Politiker, die groß tönen und sich hinten herum die Taschen ungeniert vollstecken. Da gibt es bei uns Jugendlichen schon mal einen Ausreißer. Das ist normal, meinte er dazu. Die Erwachsenen sollen sich nicht so haben. Und Nuss, der immer vorgibt, ein Realist zu sein", dabei schmunzelte Mia, „denkt, du kommst von einem anderen Stern. Ist das nicht lustig?" Erasmus kicherte und zupfte sich dabei am Kinn. „Du, Eri, wir müssen los."

„Schon? Gibt es nicht eine S-Bahn-Station ganz in der Nähe vom Krankenhaus? Dann haben wir sicher noch etwas Zeit."

„Nein", antwortete Mia, „dort gibt es keine S-Bahn. Die Bushaltestelle ist etwa fünfzehn Minuten entfernt. Besser, wir laufen, denn ein Bus kommt nur alle zwanzig Minuten. Zu Fuß brauchen wir kaum eine dreiviertel Stunde. Komm, Eri, wir machen uns auf den Weg."

Erasmus glaubte sich zu erinnern, dass er damals zu einem S-Bahnhof gegangen war, der in Sichtweite vom Krankenhaus lag und dort Linus getroffen hatte, aber vielleicht irrte er sich. Zu der Zeit war er noch wirr im Kopf gewesen. Linus hatte immer gesagt, dass sie sich zufällig auf der Straße vor seiner Stammkneipe getroffen hätten.

„War das wirklich unsere letzte Nacht, Eri?" Mia hatte Tränen in den Augen.

„Auf jeden Fall die Schönste." Damit umarmte er Mia und küsste sie. „Und die aufregendste!"

Der Morgen meldete sich mit bleichem Licht, die Straßenbeleuchtung war noch an. Die noch nicht erkennbare Sonne versuchte den verhängten Himmel zu durchdringen und das verblassende Licht der Sterne endgültig zu vertreiben. Der Geruch des nahenden Herbstes lag in der Luft. Die Straßen waren verlassen, als ob eine Ausgangssperre herrschte. Auf dem Bürgersteig lagen Scherben von zersplitterten Bierflaschen. In der Ferne jaulte ein Krankenwagen, oder es war die Polizei. Baukräne ragten in den Himmel wie riesige Galgen. Die beiden gingen schweigend Hand in Hand. Je näher sie dem Krankenhaus kamen, desto stiller wurde die Natur um sie. Der Wind hatte sich gelegt, das Rascheln der Blätter war verstummt. Die sonst immer schnarrenden Nebelkrähen schwiegen. Selbst ihrer beiden Tritte auf dem Pflaster waren nicht mehr zu hören. Alles war in Ruhe, alles ohne Bewegung. Als das Krankenhaus keine einhundert Meter von ihnen entfernt auftauchte, blieb Erasmus stehen, umarmte Mia und küsste sie lange.

„Von hier gehe ich alleine, machs gut." Ein Schatten legte sich über Erasmus' Gesicht. Mehr wusste er zum Abschied nicht zu sagen, wie sehr er auch nach Worten suchte. Überhaupt, was sind schon Worte, dachte er. Er war im Reich des Unsagbaren. Er zog seine Sukajan-Jacke aus und reichte sie Mia.

„Die Jacke hast du mir in Paris geschenkt. Sei mir bitte nicht böse, ich möchte sie Linus weiterschenken, denn ich brauche sie nicht mehr. Ich weiß, dass er sie gerne hätte. Wenn er sie anzieht, bin ich immer bei ihm und er bei mir. Er war bis zum Schluss ein guter Freund, ein super Kumpel. Ich bin so glücklich, dass ich einige Zeit mit ihm zusammen sein durfte."

„Ja, das mache ich gerne." Mias Stimme war schwach geworden und es dauerte einen Augenblick, bis sie mit einem Kloß im Hals weitersprechen konnte. „Hein hat mir versprochen, mich morgen früh vor dem Lieferanteneingang zu treffen, damit ich mich von dir noch einmal verabschieden kann."

„Im Krankenhaus wirst du vielleicht meine Eltern treffen. Sie wissen noch gar nichts von uns, von unserem Zusammensein, von unserer Liebe. Sie kennen mich die letzten drei Monate nur ans Bett gefesselt im Krankenhaus liegend. Es ist besser, wenn du nichts von uns erzählst."

„Mach dir bitte keine Sorgen, mein Liebster, ich glaube, das wird Hein schon irgendwie regeln."

„Und bitte sag meinen Eltern nichts vom Kiffen, sie glauben doch, dass ich ein anständiges Kind bin. Sie sollen mich so in Erinnerung behalten." Erasmus setzte ein verschlagenes Lächeln auf und Mia blinzelte ihm zu. „Also, noch mal, mach es gut!" Alles was Erasmus fühlte, lag in seinen Augen, als er Mia zum Abschied anblickte. Er gab ihr schnell einen Kuss auf den Mund, drehte sich um und trottete in Richtung Krankenhaus. So langsam, als wollte er gar nicht gehen.

Er wandte sich mehrmals um, winkte und verschwand schließlich im Morgengrauen. Er wurde einfach verschluckt. Die Tränen, die ihm die Wangen herabliefen, konnte Mia nicht sehen.

Kapitel 19

27.09.2017

Erasmus ist sich nicht sicher, ob und wie er im Krankenhaus in sein Zimmer gelangen kann. Etwas schämt er sich in seinem >FUCK THE WORLD< T-Shirt gekommen zu sein, das er unter der Sukajan-Jacke angezogen hat, denn eigentlich ist er heute mit sich und der Welt zufrieden. Bei der Information nimmt niemand Kenntnis von ihm, er passiert sie unbemerkt. Auch einige Schwestern, die durch die Empfangshalle huschen, schauen nicht zu ihm hin. Alles bleibt ruhig, niemand spricht ihn an. Er nimmt den Fahrstuhl bis zur Onkologie.

Ob ich an der Tür klingeln muss, fragt er sich und wird unruhig. Als sich die Fahrstuhltür öffnet, sieht er zu seiner Erleichterung im Halbschatten Hein vor der Eingangstür stehen.

„Da bist du ja Muste, sogar noch einige Minuten vor der Zeit. Ich bin froh, dass du gekommen bist. Komm, wir gehen in dein Zimmer.“

Erasmus schaut auf die Smartwatch, die er heute wieder umgebunden hat. Sie zeigt: 04:57. Erasmus wollte unter keinen Umständen zu spät von seinem *Spaziergang* zurück sein, andererseits aber die ihm geschenkte Zeit bis zur letzten Minute auskosten.

„Ich habe es dir versprochen." Seine Tränen sind inzwischen getrocknet, nur die Augen sind vom Abwischen noch rot. „Hier ist deine Uhr zurück, ich brauche sie ja von nun an nicht mehr."

„Danke Muste, mein Freund. Komm, du musst dich schnell umziehen, wir haben nicht viel Zeit. Deine Eltern sind im Augenblick bei Professor Bernhard." Hein legt Erasmus den Arm um die Schultern und führt ihn ins Krankenzimmer. Als beide es betreten, sieht Erasmus im Schein der bläulichen Nachtbeleuchtung sein leeres Bett, die Bettdecke ist aufgeschlagen. Sie erwartet ihn wie eine geöffnete Autotür zum Einsteigen. Auf dem Stuhl daneben liegt die dunkelblaue Kostümjacke seiner Mutter, die sie immer zu besonderen Anlässen anzieht.

„Sag, Hein, war das alles, was ich in den fast drei Monaten erlebt habe, nicht nur ein Traum? Von Klaus, den ich ein paar Mal beim Rauchen in der Krankenhaustoilette getroffen habe und von Gusti, die ich mochte, die aber eines Tages nicht mehr da war. Es gibt Mia real gar nicht und auch nicht Linus, nicht Jens und die anderen. War alles nur eine Illusion?"

„Nein, das Leben ist keine Illusion, wie manche Allesbesserwisser behaupten. Leben ist Wirklichkeit. Meinst du etwa, die Musik beim Lollapalooza ist eine Illusion gewesen? Na, das wäre ja schade um die Musik! Trink mal aus Versehen einen ordentlichen Schluck Essig anstelle von Bier, das dir ja inzwischen schmeckt, und dir vergeht jede Illusion.

„Und die Küsse von Mia?"

„Nein, die bestimmt nicht. Die waren real! Hast du das nicht bemerkt?"

Erasmus zögert einen Augenblick, ehe er sich in sein Bett legt. Es kommt ihm vor, als wäre es noch genauso warm, wie er es eben erst verlassen hatte.

Hein beugt sich über ihn und nickt Erasmus zum Abschied zu.

„Muste, den Rest schaffst du alleine, sterben ist ganz einfach. Hab keine Angst."

„Nein, Angst habe ich vor dem Sterben nicht, aber ich bin traurig. Bleibe noch etwas bei mir."

„Du kannst dir sicher vorstellen, dass ich hier im Krankenhaus immer viel zu tun habe. Ich muss schnell weiter. In der Notfallstation ist eben ein Verkehrsopfer eingeliefert worden, Herzstillstand. Ich muss mich um ihn kümmern."

Erasmus richtet sich so gut es geht im Bett auf und schaut Hein ins Gesicht. „Du, Hein, wir sind doch inzwischen Freunde geworden. Letztes Mal wolltest du mir deinen Spitznamen nicht sagen. Zum Abschied würde ich dich gerne mal mit deinem Spitznamen anreden, wie einen richtigen Freund."

„Also Muste, ich habe eine Menge, sogar in vielen Sprachen. Aber die höre ich nicht gerne. Nenn mich einfach wie bisher Hein, das ist nämlich einer meiner Spitznamen. Früher, aber das ist ewig lange her, nannte man mich Gevatter Hein. Gevatter bedeutet so viel wie Freund oder Verwandter. Damals waren ich und die Menschen wie Freunde, alle kannten mich, und wenn ich sie besuchte, veranstalteten sie oft ein großes Fest. Inzwischen wollen sie mich am liebsten vergessen. Pfleger Hein passt besser für die heutige Zeit, wo immer mehr auf ihrem letzten Lebensweg auf Pfleger angewiesen sind. Dann kann ich ihr Freund sein."

„Und dein echter Name?"

„Kennst du den immer noch nicht?" Die beiden schauen sich lange in die Augen, nicken sich zu.

„Doch, endlich. Danke, Hein, mein Freund, für die drei Monate und für die Zeit mit Linus und besonders die schönen Tage mit Mia." Mehr lassen Erasmus' zitternde Lippen nicht passieren. Als Hein die Türe leise hinter sich zuzieht, verlässt Erasmus die wenige Kraft, die er bisher noch gespürt hat. Sein Atem geht langsam und schwer. Es wird immer dunkler um ihn, bis eine sternlose Nacht sich wie ein Gewicht auf ihn legt. Für einen Augenblick erscheinen verwischte Konturen seiner Eltern, verschwinden im selben Augenblick wieder. Seine Mutter, wie sie mit ihm als Fünfjähriger am Flügel übt und ihm dabei über die Haare streicht. Sein Vater, der nicht nach seinen Zensuren fragt, sondern ob er Lust hat, mit ihm in den Zirkus zu gehen.

Im nächsten Augenblick erscheint Mia in ihrem Sommerkleid, das sie zum Konzert angezogen hatte. Darüber das weiße Jäckchen. Im Nu sind alle anderen um sie versammelt: sein Freund Linus, Daniel mit dem Motorrad, auf dem er schließlich doch einmal eine Runde drehen durfte, Jens mit seinen Pickeln, den viel zu langen Haaren, die er sich wie immer aus den Augen schleudern muss, um überhaupt etwas sehen zu können. Auch der Rest der Gruppe ist da. Alle winken und lachen durcheinander und diskutieren über Fußball, bis die Finsternis einen nach dem anderen verschluckt. Auch Mia.

Erasmus möchte nach all dem Erlebten nur noch ausruhen. Er ist todmüde, will aber allen ein letztes Zeichen geben, dass mit ihm alles in Ordnung ist, ehe er langsam in die unendliche Finsternis hinabtaucht.

Als Erasmus' Eltern das Krankenzimmer wieder betreten, liegt ihr Sohn unverändert regungslos mit geschlossenen Augen im Bett, genau wie sie ihn eben verlassen hatten. Frau Baumann nimmt ihre Jacke vom Stuhl, hängt sie über die Lehne und setzt sich zu ihrem Sohn ans Bett. Ihr Mann steht neben ihr und hält sich an der Stuhllehne fest.

Professor Bernhard ist mit ihnen gekommen, wie auch der Stationsarzt Dr. Frank und Schwester Hildegard. Mit seinen Einmeterzweiundneunzig überragt der Professor die Gruppe wie ein Leuchtturm. Seine weiße Haarpracht erinnert Frau Baumann an Einstein. Er schaltet die bläuliche Nachtbeleuchtung aus und zieht die Vorhänge auf. Das fahle Morgenlicht dringt in den Raum. Über Erasmus' Bett zeigt das Display die immer schwächer werdende Herzfunktion des Patienten an. Sein Gesicht ist bleich, ein schwaches Lächeln ist darauf zu erkennen, als wäre er mit sich und der Welt zufrieden. Arme und Hände liegen ausgestreckt neben seinem Körper. Minuten schleichen dahin.

Erasmus' rechte Hand bewegt sich zunächst unmerklich. Seine Mutter erfasst die Bewegung zuerst. Sie stößt ihren Mann an. „Sieh doch, Eri bewegt sich. Schau, seine rechte Hand." Erasmus' Eltern starren auf die abgemagerte Hand, die sich tatsächlich bewegt. Die Finger ziehen sich im Zeitlupentempo zu einer Faust zusammen, nur der Daumen bleibt außen vor. Die geballte Faust richtet sich ohne Eile auf, der Daumen streckt sich senkrecht in die Höhe.

„Das Daumen-Hoch-Zeichen, das er immer gerne gemacht hat", flüstert Erasmus Mutter erregt, „um uns zu zeigen, dass alles in Ordnung ist." Erasmus' Augen öffnen sich einen Spalt, seine Mutter beugt sich dicht über ihn und streichelt die eingefallenen Wangen, ihre Lippen zittern.

„Eri, wir sind bei dir, dein Vater und ich", flüstert sie. „Wir bleiben bei dir, wir gehen nirgendwo mehr hin." Frau Baumann küsst ihren Sohn auf die rissigen Lippen. Sie glaubt, ein Nicken zu erkennen, ehe sich die Augen wieder schließen. Die Finger der rechten Hand öffnen sich als hätten sie alle Kraft verloren. Die Hand liegt wieder flach auf dem Bettlaken wie vorher. Hastig greift sie danach und fühlt einen Gegendruck. Sie lässt Erasmus' Hand nicht los, auch nicht, als das Display über seinem Bett keine Pulsbewegung mehr anzeigt und der beruhigende Piepston sich verabschiedet hat. Sie beginnt leise zu weinen und schaukelt hin und her. In die sich ausbreitende Stille hinein ertönt die heisere Stimme des Professors. „Ich denke, wir alle müssen von Ihrem Sohn Abschied nehmen. Er hat es geschafft, unsere Apparaturen und Bestrahlungen braucht er nicht mehr. Er kann sich endlich ohne sie ausruhen. Er ist schon in einer für ihn besseren Welt.“

Der Stationsarzt stellt den Todeszeitpunkt fest. Der Professor gibt Frau und Herrn Baumann die Hand, nickt dem Stationsarzt und Schwester Hildegard zu und die drei verlassen das Zimmer. Erasmus' Eltern sind mit ihrem Sohn allein, um Abschied zu nehmen. Sie wissen, wir sind alle Sterbende und das gibt ihnen Trost.

Als Schwester Hildegard das Zimmer etwa zehn Minuten später wieder betritt, stehen beide wie versteinert Hand in Hand vor dem Bett ihres Sohnes. Eine Träne hängt am Kinn von Frau Baumann.

„Entschuldigen Sie bitte die Störung, der Herr Professor möchte Sie noch einmal sprechen. Wir müssen Ihren Sohn umbetten.“ Was für ein Leid, denkt sie, wenn Eltern ihr eigenes Kind begraben müssen. Das ist das Schlimmste, was Eltern widerfahren kann. Als sie das Zimmer mit Erasmus' Eltern verlässt, blickt sie noch einmal zurück zu ihrem Patienten, den sie über die vielen Monate lieb gewonnen hat. Vielleicht gerade deswegen, weil ihm eine Frist gesetzt war. War er nicht die letzten drei Monate stets bei bester Laune gewesen, obschon es ihm von Tag zu Tag schlechter ging. Einmal hatte er sie gefragt, ob sie ein Auto hätte. Wenn ja, sollte sie doch mal die Nummern des Kennzeichens beim Lotto tippen, hatte er ihr unter Schmerzen zugeraunt, denn seinem Freund hätte es beinahe den Hauptgewinn gebracht. Aber fünf Richtige mit Zusatzzahl ist ja auch nicht schlecht. Während er sich mit dem Sprechen abmühte, hatte er noch gelächelt. Was so alles in seinem verwirrten Kopf vorging. Nun hat er endlich Ruhe. Damit schließt sie die Tür.

Sekunden später betritt Mia das Zimmer. Ihr Liebling liegt entspannt auf dem Bett, als ob er sich nur kurz von den anstrengenden drei Monaten ausruht. Die Augen sind fest geschlossen. Um seine Lippen ist ein Lächeln, als hätte er etwas im Hinterhalt. Sie fasst seine Hand, die sich wundersam warm anfühlt. Wann der Körper nach dem Tod erkaltet, weiß sie nicht. Noch hat ihn bestimmt nicht alles Leben verlassen, sind ihre Gedanken. Ihr Herz zieht sich zusammen, wenn sie an die frohen Tage mit ihrem Geliebten denkt, der ewig siebzehn bleiben wird, während sie sich Tag um Tag von ihm entfernt und immer älter wird. Entfernen? Wie wird mein Leben ohne meinen Erasmus in einem Jahr aussehen? Mia setzt sich aufs Bett, summt zum Abschied ‚Despacito‘. Wie war Erasmus damals gut drauf, nein, gut drauf gewesen, als er mit Linus auf dem Alex mit den verrückten Hüten auf dem Kopf gesungen und viele Menschen um sich versammelt hatte.

Das Lied ist zu Ende. Mia streichelt wieder seine rechte Hand, die noch eben das Daumen-Hoch-Zeichen gemacht hatte, und gibt ihm einen sachten Kuss auf die Lippen. „Es war eine wunderschöne Zeit mit dir, Eri. Ich bin froh, dass ich dich getroffen habe.“

Als ein Pfleger die Tür öffnet, richtet sie sich auf und verlässt hastig das Zimmer. In ihrem Kopf dreht sich alles, ihr Magen ist wie ein Loch, das bis in die Unendlichkeit reicht. Sie muss gegen das Bedürfnis ankämpfen, sich nicht auf den Fußboden des Ganges zu setzen. Mit letzter Kraft klammert sie sich an das Treppengeländer. An den Schläfen kleben nasse Haare, ihre Wangen sind gerötet.

„Ist Ihnen nicht gut, kann ich etwas für Sie tun?" Eine Schwester beugt sich über Mia.

„Nein danke, es geht schon wieder." Langsam, Stufe für Stufe, erreicht sie das Erdgeschoss. Als sie den breiten Gang zum Ausgang entlangschreitet, wird eine seitliche Tür von einem Arzt geöffnet. Mia erkennt in dem Raum einen hochgewachsenen weißhaarigen Mann im weißen Kittel und neben ihm einen Mann im Anzug und Krawatte. Daneben eine Frau in einem dunkelblauen Kostüm. Erasmus' Mutter! Sie erkennt sie sofort wieder, bleibt einen Augenblick stehen, zögert. Soll sie ihr und ihrem Mann ihr Beileid aussprechen? Soll sie den beiden von ihrer wunderbaren Zeit mit Erasmus berichten?

Frau Baumann bemerkt auch die junge Dame, die vorgab, bei Professor Bernhard als Praktikantin zu arbeiten, es jedoch nicht war. Die die Lieblingsblumen ihres Sohnes kannte und von seinem Muttermal am rechten Oberschenkel wusste. Die gesagt hatte, sie mochte ihn. Für einen Augenblick denk sie daran, auf die Frau zuzugehen und sie unterbricht das Gespräch mit dem Professor.

„Kennen Sie die junge Dame dort in dem grünen Sommerkleid und dem weißen Jäckchen?" Der Professor dreht sich zur Tür.

„Wen meinen Sie, Frau Baumann, ich sehe niemanden in einem weißen Jäckchen." In diesem Augenblick hat der eintretende Arzt die Tür schon wieder geschlossen.

„Entschuldigung", bringt Frau Baumann hastig hervor. Sie eilt zur Tür, reißt sie auf, blickt auf den Gang. Die Frau mit dem weißen Jäckchen ist nicht mehr zu sehen. Verwirrt bleibt sie stehen, ehe sie ins Besprechungszimmer zurückkehrt.

Mia verlässt das Krankenhaus und geht links über den Parkplatz zu der eine Viertelstunde Fußmarsch entfernten Bushaltestelle. Ihre Augen bleiben bei einem Polo mit dem Kennzeichen B KL 2731 hängen, der vor dem Krankenhaus parkt. Waren das nicht zwei Zahlen, die Erasmus für Linus getippt hatte, die 27 und die 31? Ihr Herz wird schwer. Ihr ist bei dem Gedanken, Erasmus nie mehr zu fühlen, zu schmecken, zu sehen, zum Heulen zumute.

Geht das überhaupt?

Die Sonne kommt heraus, es verspricht ein schöner Septembertag zu werden. Vögel zwitschern, die Welt dreht sich wie immer nur um sich selbst und interessiert sich nicht dafür, wenn Menschen sterben. Wo Erasmus jetzt wohl ist, grübelt sie. Wenn wir doch zusammen sein könnten. Die Stille, die sie beide noch vor ein paar Stunden umgeben hatte, ist dem lauten Getriebe der Großstadt gewichen. Ein übergroßer Lkw braust mit Getöse nahe an ihr vorbei, sie muss an einer Ampel warten.

Das war es also. Sie muss schlucken. Manchmal hatten wir Streit, halt Yin und Yang, wie das Leben eben ist. Aber mein Erasmus hatte immer nachgegeben. Er wollte bestimmt nicht die ihm geschenkte Zeit mit Zank vergeuden. Die meisten Stunden waren wir glücklich gewesen. Daran will ich nur noch denken:

An die schönen Tage mit ihm, als wir auf dem Riesenrad waren und an die Tage in Paris.

An der Haltestelle sieht sie viele Wartende stehen. Der Bus wird sicherlich jeden Augenblick kommen. Ich muss mich beeilen, denn er fährt ja nur im 20-Minuten-Takt, ermahnt sie sich und wird unruhig. Endlich springt die Ampel auf Grün und sie läuft eilig über die Straße, denn sie kann den Bus jetzt bereits kommen sehen. Sie beginnt schneller zu werden, wie von einem Magneten angezogen, der die Kompassnadel nicht in Ruhe lassen will.

Auf einmal beginnt ihr Blut rückwärts zu fließen. Zuerst stechen ihr die rosa Adidas Sneaker in die Augen, die zu Erasmus' Markenzeichen geworden waren. Sie glaubt, sein Profil zu erkennen. Als sie auch noch das >FUCK THE WORLD< T-Shirt sieht, ist sie sich sicher, das muss ihr Erasmus, kann nur Eri sein, der dort lässig an das Wartehäuschen angelehnt steht. Die Hände verlegen in den Hosentaschen, wie er es gerne macht, und die Rib-Mütze von Tommy Hilfiger tief auf dem Kopf.

„Erasmus!", schreit sie und rennt auf ihn zu. Ihre Pupillen weiten sich vor Freude. „Wie kommst du denn hierher? Bist du etwa dieses Mal wirklich vom Krankenhaus abgehauen?", prustet sie außer Atem und lacht mit Tränen in den Augen. Sie drückt Erasmus so überschwänglich an sich, als hätten sie sich schon eine Ewigkeit nicht mehr getroffen und sie fühlt seinen Gegendruck.

„Ich warte hier schon ewig auf dich." Ein breites Grinsen breitet sich auf seinem Gesicht aus, das Mia so mag. „Denkst du etwa, ich verlasse dich einfach?" Erasmus zupft an seinem Kinn und schließt Mia in seine Arme.

„Weißt du, Mia, es gibt viele Galaxien, von denen
wir nichts wissen, deren Licht niemals zu uns dringen
wird, die dennoch existieren! Komm, lass uns beide
auf so einer leben."

Danksagung

Mein besonderer Dank gilt unserem Schreibclub unter der Führung von Frau Agnes Domke, die mich immer wieder mit neuen Anregungen für den Roman überrascht haben.

Ebenso danke ich meiner Frau, die mein stundenlanges Ausharren am Computer geduldig ertragen hat.

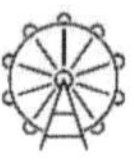

Last but not least danke ich dem Team des Infinity Gaze Studio Verlages für die ausgezeichnete Zusammenarbeit, die dieses Buch erst möglich gemacht hat.

Eine Welt voller Bücher

Unvergessliche Abenteuer
Faszinierende Charaktere
Neue Welten und Ideen

Bei Infinity Gaze endet
die Lesereise nie!

Jetzt entdecken unter:
www.infinitygaze.com